浙江少年文学新星丛书·第八辑
海 飞 主编

稚拙的日子

诸葛子誉 著

浙江工商大学出版社
ZHEJIANG GONGSHANG UNIVERSITY PRESS

·杭州·

图书在版编目(CIP)数据

稚拙的日子 / 诸葛子誉著 . —杭州:浙江工商大学出版社,2022.1

(浙江少年文学新星丛书·第八辑 / 海飞主编)

ISBN 978-7-5178-4799-1

Ⅰ. ①稚… Ⅱ. ①诸… Ⅲ. ①作文—小学—选集 Ⅳ. ①H194.4

中国版本图书馆 CIP 数据核字(2022)第003136号

稚拙的日子
ZHIZHUO DE RIZI

诸葛子誉 著

责任编辑	沈明珠
责任校对	夏湘娣
封面设计	浙信文化
责任印制	包建辉
出版发行	浙江工商大学出版社
	(杭州市教工路198号 邮政编码310012)
	(E-mail:zjgsupress@163.com)
	(网址:http://www.zjgsupress.com)
	电话:0571-88904980,88831806(传真)
排 版	杭州朝曦图文设计有限公司
印 刷	杭州高腾印务有限公司
开 本	880mm×1230mm 1/32
印 张	69
字 数	1056千
版 印 次	2022年1月第1版 2022年1月第1次印刷
书 号	ISBN 978-7-5178-4799-1
定 价	448.80元(全九册)

个人简介

诸葛子誉，浙江省龙游县西门小学六年级学生，酷爱写作，多次在省市县作文比赛中获奖，曾获浙江省"少年文学之星"一等奖。他对生活有独特的见解，虽不爱言说，但对生活充满期待，对家人充满爱和感恩。

I am an ordinary boy who lives in a small city. My father is a conscientious teacher and my mother is an owner of a bookstore.

Books have been my faithful companions since I was a kid. I always love to immerse myself in a wide variety of books.

Partly because of my father, I have been really keen on writing. Maybe I don't have a super talent and I haven't accomplished much in writing, but I will carry on.

My family education has shaped who I am today. I am a kind person but I enjoy being alone when I am reading and contemplating.

Sometimes, I am silly. Once I broke down a plane model I just bought into many parts. Then I told my father that I could put them back together, but eventually it turned out to be a fiasco.

When I first tried to write, I was very ambitious. I had thought I could support myself by writing. However, there is a huge gap between reality and dream.

Now I am staying on a foreign land, facing culture shocks and academic pressure. Gradually I realized that what I can do is actually very little. The road to literature glitters, but it may be full of thorns.

The poet Flores once wrote, "Two roads diverged in a yellow wood, and sorry I could not travel both...I took the one less travelled by, and that has made all the difference."

In the future, hopefully, literature will be like a friend whom I can occasionally talk to. Maybe this is a good way to bring my soul a ray of beautiful sunshine.

安静   发愁

生气   喜乐

小学

小学的每一餐，从栅栏递进去

一起玩的日子

浙江省少年文学之星
征文比赛现场赛

挖番薯

玩闹

和爷爷、奶奶、爸爸的合影

2019 年在爸爸的办公室做作业

业余爱好篆刻

在姑姑家烧烤

在老家

在大西洋彼岸

内容简介

这是一本纪实性儿童小说,孩子幼稚的笔描绘了真实的学校生活和暑期生活。他们会因为一块羊排骨而被罚,也会因为一场考试而被批评和教育;在乡下,小说的主人公诸葛子誉经历了自由散漫的乡下生活,做了一些自以为有趣的傻事糗事,有对友情的思考,有对学业的反思,有对乡下生活的眷恋,有对城市老师的思念……在家庭中,作者勾画了一个严肃而繁忙的爸爸,也勾画了一个宠溺他的妈妈。文中的生活细节,以及发生的一些生活小事,都是现实生活的部分反映。小说来自生活,又高于生活,体现了作者对小学生活的一些理性和感性的思考,勾画出一个稚拙有趣的童年。

总　序
见字如你

斯巴福德在《小书痴》中写道，"有时候，一本书进入我们恰好准备好的心灵，就像一颗籽晶落入过饱和溶液中，忽然间，我们就变了。"而现在，在我们眼前展现的，是一群优秀的少年写作者的作品，稚嫩中有才华，笨拙中见灵性。

一本书，一本由孩子自己创作的书，给予我们更多的思考。文学创作本身具备的魅力正悄悄随着童年、少年、青年的自然生长期而萌芽、生长、繁衍。这种全新的生活体验，正与他们文字成长的速度同步记录和保存。我们感动于他们钟爱文学的热情，体察出他们因大量阅读文学作品而心灵丰盈、下笔生风，而由写作生发出的那种源自内心和诉诸稚嫩笔端的气息，更让我们为之动容和珍惜。真的，没有一个孩子的生活是一样的，哪怕写同一篇文章，也会有不一样的内容。《发现·世界》的作者周昊梵，在记录旅游时的见闻、和父母的亲子互动、校园难忘的经历以及对文学的思考中，就描绘了一个个美好而珍贵的周式童年缩影。但热爱文学，喜欢写作的孩子有一样是相同的，心怀美好，传递美好，想象美好，创造美好，生活和世界，均在此列。所以当一名中学生独自去到异国他乡，文学创作依然是她同行的挚友，徜徉于东西方文化碰撞下的生活环境，写下了记录留学生活的《一路行走一路歌》。"虽说世界庞大，却仍想在这纷扰喧嚣的人群中留下些许痕迹；即使文字稚嫩，也依旧想用真性情，执笔墨书写真我。"这是一直没有停下书写文字步伐的一然，作品第二次入选"浙江少年文学新星丛书"后，对文学最倾心的表白。

入选《浙江少年文学新星丛书·第八辑》的共15部作品，从内容来看，有纪实小说、国外留学生活记、个人生活旅行记、研学手记、语文单元习作的升级作品、小故事等。这些融合生活和学习故事的习作集，以校园故事、身边的人和事、父辈的追求、中国梦四大主题为主的年代感极强的作品、初具雏形的小说，让你看到一个同样的世界里不一样的心灵感悟。用文字记录生活，并没有写成流水账；想象性作品在现实基础上的对于这个世界的感知与想象既大胆又具有创新性；记录童年生活里的点点滴滴，有情怀有故事有功底,叙述平淡里有曲折,引用典故而能深发意味;习作有向作品的美好过渡和提升,有模仿痕迹但也有不同的见解。文章亦庄亦谐,亦古亦白,语言精雕细琢也有童真童趣;抒情大胆而细腻,感情恰到好处,收放自如,转折与衔接处也有刻意与盈润的笔触。比如同样是因为文学征文比赛而钟情写作的南皓仁、吕可欣,作品有各自不同的特色:南皓仁的作品《不规则图形》包含了多种文体,题材丰富多彩、文字成熟老练、想象力丰富;吕可欣在写作《春曦》时是用她的童眼去观察这个世界,用童心去感受身边的人和事,用童言来抒写她的感受。这里面有童真,童趣,有温暖人心的文字,更有来自灵魂的拷问。他们介入世界与生活的脚步有点快,又看得出有认真充足的准备,字如其人,是真的。少年的你,多少年后,你自己来读一读,还是全新的一个自我。真好!

我常常在想,到底是怎样的初衷,能让十几岁的少年,安静地将成长的行程一字不差地记录和感喟。他们所写的生活,有春夏秋冬里细心观察的所感所悟,有现代时尚生活的体验,有在长辈回忆的生活里的感叹和想象中天马行空的生活,最神奇的是,一个小物件都能写出各种不同的故事。少年行的《童真年代》一帧帧都是孩子们纯洁的童真年代的真实写照,是一曲曲质朴无华的童年之歌。桐月六小童的《彩色的天穹》里有孩子们处在乡村与城市之间的最真实的心灵写照与思考。《时光里》"镌刻"着时光少年的烂漫友谊和温馨童年的美好印记。《行走的哲思》里湖畔四少为我们分享了研学中的所见所闻、所言所行、所思所想,既有深入的对历史的剖析,又有对自然的观察与探索,文笔恣意洒然,未来可期。两三点雨山前用文字记录了她们生命中最初的美好,也记录了她们生命中最初的思考。短短的篇幅,回味绵长,或许真的能品出《时光的味道》。读《素心之履》你能欣赏到江南水墨长卷般的书生意气,乌镇、南浔、西塘……搂着这样的小镇,感受日日夜夜的人文沉淀的浑厚,那不是一场旧梦,是俗世烟火气息下一个个真实的自我。七八个星天外,以文字采撷遥不可及的历史,呈现的却是眼前的幸福与美好。

写作有起点,有创作方向,有个人的审美追求和价值观。当你的创作代表了人类社会大众的普遍方向,当你虚构的世界引起了人们的关注,当你描述的真实在隐喻和暗藏中悄悄生长,当你的文字,代表了一种生命物质……你会发现,很多事物都不一样了。生在杭州,长于钱塘的梁熙得,以一部《鼹鼠先生的春日列车》,将脑海里的奇思妙想，让人眼前一亮的妙笔生花全部装载。"以梦为马，路在前方。以写为乐，自由畅想。海豹，它有一片海洋。"这是多么自信的童年宣言！诸葛子誉的纪实型小说《稚拙的日子》用真实的笔触，写下了生活的经历和对生活的简单观感，勾画了一个稚拙有趣的童年。徐诗琪在《冒傻气的小红鼠》中更是塑造出了一个个性强，爱出风头，同时也富有正义感和责任感的孩子形象。樊雨桐写的城市女孩则个性独特，惹出一些啼笑皆非的事情，由此有了一段不一样的童年，细细感受《不一样的童年》，你也许会找到你童年里的不同和相似。小作者们在创作道路上的探索和追求，着实引人感动。

　　宙斯为了在广阔的宇宙中创造人类，与普罗米修斯进行了艰难的旅程。他们寻找黏土的途径到现在还是众说纷纭：有人说，他们是从色雷斯草原一路东行到小亚细亚，最后在位于底格里斯河与幼发拉底河之间的丰饶之地找到黏土；也有人振振有词，表示他们是南渡尼罗河，穿越赤道，最终在东非得偿所愿。不管经过怎样的跋涉和攀登，最后宙斯决定让雅典娜轻吹一口气，赐予这些成型的泥人生命。在时代的洪流里，我们坚持做这套丛书八年，其间的过程百转千回，在网络科技发达的今天，希望我们的坚持加上你们赋予这项事业的灵气给予我们追寻文学持久生命力的源泉。

有的作家,他写的作品就如一辈子精心于一类特殊工艺的手艺人一样,作品中有一种固定的地理,一种永远不变的时段,一直让人感觉是在童年时期。而青少年儿童自己创作的作品,并没有定型,但你也能看到很多类型、方向、文本的雏形,他们在模仿、在创造,也在改变,更在颠覆。不难发现,在阅读,无论电子书还是纸质书阅读,越来越快地改变人们的同时,读同龄人的书,由自己写出一本书已然成为一种趋势,曾经的少年不再是那一群只知道玩滑板、打篮球的小孩,也不再是抱着芭比、沉浸于cosplay、穿着洛丽塔的少女,他们正在以成年人的视角和语感诉说和表达对这个世界的看法和诉求。就像赵蕴桦在《灼灼其华》中所说:"我的作家梦,是从阅读开始的,阅读更广泛,更深入,写作热情就持续高涨。我期盼每个周末和暑假的来临,那样我可以走更远的路,赏更美的风景,考察更深厚的人文底蕴。我的作品是我小学毕业的纪念,未来,我期待着成为真正的作家!"如果你想了解少年们在想什么,最好的办法也许就是看看他们写下了怎样的世界,和对世界万物的看法。那些无法言说的都借助文字来喷薄,借由这个口子,架构了我们与他们之间的桥梁,希望,真诚的心灵交流与沟通,从此变得容易。

世界本来就很美,我们想方设法带给这些御风的少年一个美好的世界,而在他们眼中,美好的世界可以由自己界定,由写作与这个世界建立最好的联系,由此在成长的道路上哺育出更美丽的生命之花,何其有幸!见字如你!

向所有看到这些文字的大人和孩子,致敬你们曾经以文字和写作创造的美好快乐的童年及世界!

海飞

2021 年 12 月

序

英国诗人托马斯·胡德在他的《我记得，我记得》中这么写自己的童年："我记得，我记得，高高的枞树一片葱茏。我常想，它那细嫩的树梢紧挨着蓝蓝的天空。那是我童年的稚想。"我觉得，每个孩子都有一个独特的童年，若干年后，这个童年一定是彩色的，充满了赤橙黄绿青蓝紫，天空布满了彩霞，星星、月亮和太阳总是那么准时来值班……

拥有一个美好的童年，并记录下来，该是一件多么有意义的事情啊！

作为父亲，我曾经也有缪斯梦想，只是才情所限，加上工作繁忙，文学的梦渐行渐远。我也和其他的父亲一样，希望孩子继承自己的梦想，我希望孩子能写作，会思考，懂生活，做个世事洞明、人情练达的孩子。我知道这有些一厢情愿。幸好,我的孩子诸葛子誉还是比较勤奋的,在我的鼓励下,拿起笔来独立创作了第一部长篇小说。

这部小说的生活,就是他自己的生活。虽然里面有很多创作的情节,但不外乎在他自己的生活基础上加以想象加工。文章中,有对友谊的感恩,有对亲情的体验,有对未来的憧憬,有对挫折的忍耐……里面包罗了他对生活稚嫩的思考。孩子对生活的体验是独特的,我欣喜地看到他有了自己的观点和看法,对学习和人生都开始有了一些初步的体验。一个没有思想的孩子,规言矩步地成长,是一件可怕的事情。我希望我的孩子,能坚持写,即使不能成为一个灵魂的工程师——作家,也要学会用笔记录自己的生活,反思自己的生活,学会主动学习,学会感恩生活。那样,在不久的将来,重读这本书,他会记住最初的人生,会感谢这样的积累。

作为父亲,我希望孩子健康、幸福,学有所长,长有所用,能做一个自食其力的人,做一个有人格魅力的人。这所有的文字以及撰写文字的过程,都是一个自我淬炼的过程,我相信,这对于孩子的成长是有裨益的。

横逆困穷,是锻炼豪杰的一副炉锤。能受其锻炼者,则身心交益;不受其锻炼者,则身心交损。莎士比亚说,在命运的颠沛中,最可以看出人们的气节:风平浪静的时候,有多少轻如一叶的小舟,敢在宁谧的海面上行驶,和那些载重的大船并驾齐驱!可是一等到风涛怒作的时候,你就可以看见那坚固的大船像一匹凌空的天马,从如山的雪浪里腾跃疾进;那凭着自己单薄脆弱的船身,便想和有力者竞胜的不自量力的小舟呢,不是逃进港口,便是葬身在海神的腹中。希望我的孩子,在宁静的日子里可以是一艘小船,享受生活的宁静和安详,也能练就一些本事,在大风大浪中,做一艘乘风破浪的大船,行走在人生的海洋之中。

做一个感恩的人,做一个懂生活的人,做一个爱学习并坚持一辈子的人,这是我对儿子的期待。

希望诸葛子誉继续坚持,用自己的笔,描绘最美好的生活。

诸葛建军

2016 年 5 月 8 日

父母寄语

诸葛子誉能独立写出一本小说，给了我很大的惊喜——我以为他不能坚持，毕竟学业沉重，再加上创作的负担，选择放弃我也能理解。写完看看，还行，至少很真实，很有对生活的思考。回想孩子最早的作文启蒙，是从他会说话开始的。那时候他不会写字，我就引导他讲故事，或者自己编故事，虽然只有寥寥数语，但是也给我很多惊喜。我把他的这些话都记录在新浪博客里。这些最初的"作文"，很幼稚，很生活。到了小学二年级，孩子开始跟着我写作了。当时的小苍耳作文培训班规模不大，来的孩子都比他大，我只能降低要求，多鼓励，多表扬，欣赏他幼稚的语言里的童趣。那时候他便埋下了创作小说的种子。到了三四年级，孩子已经能写出一些比较好的记叙文和小

稚拙的日子

说了,由此也开始对写作有了自信。到了五六年级,孩子的议论文和散文开始有点味道了,尤其是议论文,写得层次清楚,观点明确,议论有一定的深度和广度。从整个小学阶段的教学来看,我这个特殊的老师,看到孩子一步步地成长,从说话到写话,从写话到作文,从作文到写小说、散文,这是一个扎实而漫长的培养过程。让人欣慰的是,孩子不惧怕作文,有对文字的自信——我想,对于孩子而言,足矣。拔苗助长,苗易枯萎;按部就班,精心培育,虽然成长缓慢,必有收获。此记。

诸葛建军

2021年6月28日星期一补记

前　言

　　他生活在浙西最偏远的一个小县城,这个小县城有一个充满诗意的名字——龙游。它虽然很小,却是一个人杰地灵的好地方。除了出过诸如徐伯珍、徐安贞、余绍宋等名人外,这还是一个宜居城市,没有台风,少有干旱。诸葛子誉就读县城的西门小学,今年六年级毕业。其父诸葛建军,小学语文老师,喜欢涂涂抹抹,曾经也做过作家梦,如今安心教书,希望自己的孩子在文学上有所成就。《稚拙的日子》这部纪实型小说,写出了当代孩子的小学生活,作者诸葛子誉用真实的笔触,写出了一些生活的经历和对生活的一些简单的感悟,虽然很幼稚,却很真实。这也算他对小学生活的一个总结和纪念吧。小诸葛有点担心自己写不好,但是有六年的学习积淀,有父亲的鼓励和支持,如今终于写完了。不管是顽石还是璞玉,就这么呈现出来,希望能得到大家的批评指正。

目　录

稚拙的日子

目
录

003

不同的爱

一缕阳光撕破了夜的寂静,星星牵着手,渴望挽留这美好宁静的夜。转瞬间,阳光已经占去了半边天,透过薄薄的窗纱、明亮的玻璃,射在一坨被子上。

"儿子,起床啦!"诸葛子誉的妈妈在门外老远就喊起来了,"快起床啦! 要上学呢!"

"呼——呼!"房间里没有回应,呼噜声仍旧此起彼伏。

妈妈扭了一下钥匙,"咯"的一声打开了门——房间里的一切可真让她震惊!

先不说半床被子耷拉在地上,最引人瞩目的就是床边的课桌——仿佛一个堆满了落叶的操场,金黄的小丘此起彼伏,真不知道小诸葛是怎么做作业的。再看地板,本应干干净净的,可主人不争气呀! 昨天换下的衣物铺得满地都是；一个火影忍者的卡通水杯倒在地上，没碎——下面垫着一双袜子；一个装玩具的纸盒上缠满了胶带，破烂如无人看管的垃圾箱。

里面的玩具也没有好命运：布娃娃被当作巫蛊娃娃，身上扎满了针，几丝棉花裸露在外面；一个变形金刚断了一只手，脑袋也摇摇欲坠；最惨的还是一辆陪小诸葛长大的玩具汽车，只剩下一个底盘……这一切，仿佛经过了一场毁灭性的灾难，死的死，伤的伤，残的残。

"啧啧啧，这么乱，儿子，你昨天晚上到底干了什么呀？"妈妈拎起他的脏衣服自言自语道，"哎——哎！"

小诸葛躺在床上，一动不动。妈妈走到他床前，嘴角弯起了微笑的弧度。虽说她的脸上已经有些皱纹，没有了年轻时的美，但她在岁月中获得了更多，那就是——母爱。这让她变得更美丽，更有母亲的雍容和慈祥。

她默默地退出房间，先去给儿子盛早饭了。

此时，诸葛老师已经起床了，早就坐在沙发上看手机。"哎，儿子哪？"他见老婆没领着儿子出现在他面前，有些疑惑，"难道今天不用上学，不会呀，不上学我怎么会不知道？"

"再让他睡一会儿吧，反正也不会迟到。"妈妈尽帮着诸葛子誉说话，她看了看表，"才七点，还早。"

诸葛老师可不这么想,他把手机一关,迈着大步走向小诸葛的房间,走过楼梯时还白了老婆一眼:"别这么宠他,会宠坏的! 唉,真是慈母多败儿!"

妈妈默默地在心里"切"了一声:我也是为了他好,累坏了你赔不起! 她很想阻止,却……哎!

天,起风了,叶子悬挂在枝头,一上一下地摇摆着,为小诸葛摇着头。屋内也是一片冰凉,似乎有人在这"金秋"时节开了冷空调,是爸爸。

小诸葛被爸爸"神圣"的威严"打动"了,迫不得已起了床。他坐在餐桌前,满脸灰土,眼屎还躲藏在眼皮下,衣服领子一边高一边低,让人有一种冲动,想去"整理整理"。

老爸端起碗,稀里呼噜地喝着粥,不时停下来夹几根菜叶,塞进嘴里。小诸葛却迟迟不开口,他望着眼前的一杯牛奶,几滴附在杯壁上,似一道道雪白的窗纱,再看远一些,是菜上方频频冒出的白烟,仿佛是翠绿的丛林上方萦绕着一道道白雾……

"别发呆,吃饭!"老爸注意到了小诸葛的不对劲,催促道,"吃完了我送你去上学!"

"啊? 啊。"小诸葛在心中呻吟,"为什么我没有像妈妈一样的爸爸呀,老天!"

"去吃!"爸爸放下碗,又"补了一刀","等一下来不及嘞。"

"好吧。"小诸葛顺从了,仿佛一只被驯服的小老虎。他在老妈这样的普通人面前,胆大妄为,但是在老爸这样的"动物园园长"面前,只能自认倒霉啦,可怜哟!如果爸爸是猫,他就是小老鼠;如果爸爸是老虎,他就是小白兔了。他暗自嘀咕,在爸爸眼里,自己是学渣,但是,学渣也有自己的生活原则的啊——不过,千万不要和爸爸对着干,爸爸可不是好惹的。即使惹他,也得找个他开心的日子惹一下。

爸爸吃完饭了,还是停不下"脑力运动"的习惯:"作业做好了吗?"他把椅子向后顶,把脚架在另一张椅子上,架势十足,像是法官在审问罪犯那样威风,仿佛在说:"哈哈,你的命运掌握在我的手中!"

"啊?啊!作业,昨天的很少,数学没有,语文就……"一提起作业,哪怕是完成了,小诸葛也总是有点胆怯,因为爸爸每次都能从他的作业本中找到不足,就如一个养生高人,一眼就能看出你内脏出了什么毛病似的。

小诸葛有点语无伦次,介绍起了自己的家庭作业,可老爸不是要听这些:"把作业拿来就好了!"诸葛老师打开手机,一边翻看着什么,一边说。

"哦,好的。"小诸葛弓着背,低着头,咚咚咚上楼,又咚咚咚地下楼,回到餐厅,递给老爸的却是一团"霉干菜"——语文试卷。

诸葛老师摊开试卷,看着上面歪歪扭扭的字,仿佛一条条蚯蚓卧在纸上,一面看下来,简直没有直的笔画,所有的字,就像一个个"醉卧沙场"的残兵败将。

老爸不高兴了,脸上漾起阴郁的神色:我平时又没少教他书法,怎么这么没法看的啊? 一代不如一代,一代不如一代……他继续往下看,不禁皱起眉:"这是什么?'天门中断楚江开,碧水东流至此回。两岸猿声啼不住,轻舟已过万重山。'错得太离谱了吧!"

"哎——"爸爸叹了口气,"继续努力吧,爸爸相信你有这个实力。走,我们去上学。"

妈妈站在门口,望着父子俩远去的背影,笑了:"或许孩子他爸才是对的呢……"妈妈在小诸葛离家的一瞬间,忽然下定决心也要像自己的老公一样教育自己的孩子,尽管放学后小诸葛一回家,她就会忘记了所有的要求和严肃的态度,眼睛里只有那些"毫无原则"的爱,"泛滥成灾"的爱。

小诸葛是一条河,这边是滩涂,那边是绝壁。

一块羊排骨

早上被爸爸批了一通，到了中午，小诸葛又犯事了，虽然只是一件小事。

"啊，别动！是我的！"徐嘉宇扭动着他的屁股，像是在微风中轻摇的气球，他追赶着诸葛子誉，"你仗势欺人！仗你跑得快！我的……"

他不行了，两只手撑在膝盖上，头发仿佛有了生命，一撮一撮地"挤"在了一起："Help me——me！"

诸葛子誉可听不进去，他逃到讲台边，挑衅似的向徐嘉宇挥挥羊排骨："又不是你的，凭什么给你？这是项嘉辰让我们抢的呀，不明事理。"

"我好吃如命！我骄傲，要你管，拿来拿来，快！不然和你分手，啊呸，绝交！"徐嘉宇大口大口地喘着气，仿佛这样就能得到羊排似的,"看我的!"只见他用尽全身气力,像跑八百米冲刺似的向诸葛子誉奔去,虽说很想使上力气,可,都耗在前七百米上了。

"切,小样。"诸葛子誉不屑地看着他,认为徐嘉宇对自己手中的羊排没有半点威胁。

"再见。"诸葛子誉向徐嘉宇耸了耸双眉,又单个挑了挑,一副嘲笑的样子,此时徐嘉宇与他只有咫尺之隔了。

"嘿,我抢。"徐嘉宇将身一纵,向讲台扑去。

此时,时间仿佛放慢了脚步,他的每一个动作都被小诸葛看得一清二楚,就像狙击手透过狙击镜观察敌人一样,不知是不是因为此时正是两人决一死战的时刻。

只见小诸葛向右边一闪,徐嘉宇在半空中可转不了弯,所有人都看着好戏——他一脸撞在了刷着绿漆的因年代久远而高低不平的墙面上,冰冰凉凉的。不仅如此"失败",他还碰了一头粉笔灰。

小诸葛在旁边笑着,仿佛是一只瘦弱的豺,免费捡了狮子吃剩下的半只大象,美滋滋的。正当他想掀开塑料袋时,徐嘉宇又"崛起"了:"我是不会放弃的,拿来!"他一只手想去扶黑板,不小心拍到了粉笔擦,又整只手滑了下来:"啊——啊! 老天!"他拍了拍衣袖,又摆起了一副"抢夺"

的模样。

"来呀!"小诸葛向后退了几步,有意眯起眼睛,故作神秘地闻了闻还热乎乎的烤羊排,"啊,美味!"

徐嘉宇这次再也不耍什么装样子的架势了,直接实干。只见他佯装向诸葛子誉右边扑去,等小诸葛把身子向左一倾,徐嘉宇将身一扭,反向诸葛子誉左侧袭去……

"徐嘉宇——win,小诸葛——fail!"徐嘉宇向诸葛子誉挥挥烤羊排,像是有意回击小诸葛刚才那一挥,他又扭动着小屁屁,时不时翘起兰花指,指向小诸葛,还在口中喃喃自语道,"徐嘉宇win,徐嘉宇win,真的好,真的好……"

小诸葛立起身来,拍拍屁股,叹了口气,摇摇头又点点头,不知是不是为徐嘉宇而摇头,当然,也为他而点头……

就在这大战接近尾声之际,班主任大吴老师走进班门了:"嗯——嗯,徐嘉宇、诸葛子誉,你们在干什么? 大清早的,做几道奥数,背几篇古文不好吗? 马上就要升学考了喂……哎,今天放学,到我办公室里来! 嗯,顺便写好800字的检讨!"大吴老师的脸像块没有生命力的青石板,僵硬、光滑、冷漠,说完他就走出班门了。

望着他矮小但又不失威严的背影,他俩仿佛看见了一个披着天使外衣的魔鬼,操着利刃指向他们……此时在他俩的心里,一定只剩下一块一块破碎的心和一根吃剩的羊骨头了吧。他俩不约而同地看向项嘉辰:都是你害的！800字啊！这检讨书有这么好写吗?

屋外,明媚的天已经昏暗,太阳仿佛是漂泊在大海中的一个皮球,没有主见,随波逐流;树,仿佛是一位年逾古稀的躺在病床上的老人,枝丫是那瘦弱的、早已起了皮的手,在微风中摇摇欲坠……

错不了,这事还得怪项嘉辰呀——星期六,阳光水岸的美食节,像项嘉辰这样的土豪,怎么可能不去? 老鹰怎能放过小鸡,蟒蛇怎能放过雪兔?

就这样,项嘉辰带着自己的爸妈来到偌大的阳光水岸,一会儿买那个,一会儿又走到了这儿,他爸妈倒也"乖",项嘉辰指啥,他们买啥,从不嫌贵。

这不吃不下了,带学校里来当早餐了。

他倒也是个大方人,吃不下了,一挥手,就送人了,就像把一件已经毫无意义的物品扔了似的——那羊排对他这已经吃饱的"饱汉"而言,已经毫无意义了。可是送人就送人吧,何必再搞点"你们来抢"的事端呢? 这就是"有钱任性,没钱认命"吗?

小诸葛的心里,似乎有无数个想法:打项嘉辰? 去向

一块羊排骨

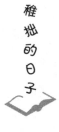

大吴老师解释？输了也不能亏,去抢徐嘉宇的羊排吃……

　　小诸葛趴在教室的窗台上,看着其他同学捂着嘴嘲笑他,他愣是挤出一丝笑容,硬是把它挂在嘴角,但他心里,别提有多憋屈了:为了一根没有吃到嘴里的羊排骨,却要让脑子和手受罪。不过也对,这个世界经常是别人感冒自己吃药,怪谁呢?

　　阳光透过绿色的窗帘,把教室映照成一片翠绿,小诸葛看着一天的清晨,看着这井井有条的班级,心想:"新的一天,新的一周,何必弄得如此沮丧呢……不过,大吴老师会不会告诉爸爸呢?"

　　也许不会! 小诸葛有点担心,但是他相信吴老师的人品:吴老师不是那种多嘴的老师! 哈哈,想到这里,他不由得露出了笑容,看得旁边的女生面面相觑。

　　如果小诸葛是一叶扁舟的话,那大吴老师就是那个驾船人,并且驾龄已经28年。

"学渣们"的英语考试

上午第三节课了,大家都头晕眼花,恨不得现在就放学了。天,却不合时宜地下起小雨来了。

雨挂在枝头,悬在屋檐,吞噬着整片天。空气中,还弥漫着一场大雨过后的清新。雨露沾上了松树的香气,化作蒸汽飘浮在半空中。整个学校都被洗了一遍,那阵阵香气仿佛沐浴露的味道,如一层云雾一般萦绕在学校里。一切,都仿佛是新的:新的天空,新的枝叶,新的心情……

但,没有新的六(3)班。

"我的天,又是英语考试,两天已经考了三次了呀!"徐嘉宇放下正在玩的水杯,把座椅前后摇着,手里不知什么时候多了一张纸片——他看起来并不像其他同学一样紧张,反而从容镇定,谁都知道这是为什么,坐在他身边的,可是鼎鼎有名的本年级第一学霸——缪言。他是这个学期刚刚转学过来的。

代课的英语老师捧着一沓试卷，看着讲台下闹哄哄的人，如同美国20世纪50年代时买彩票一样，人山人海。英语老师的脸上，分明写着新官上任的无知与迷茫。

"咚咚咚！"她卷起试卷，使劲地敲了敲讲台，把陶瓷做的粉笔缸都震倒了，"现在，开始考试，考试时间40分钟，5分钟后开始播放听力。"

"啊，好好好。"徐嘉宇把纸屑扔进垃圾袋里，向老师鼓鼓掌，他还是第一次这么爱考试呀——不，他是因为有了缪言。缪言，是他的王牌！

其他几个经常与他"同行"的后进生诧异地看着他，尤其是小诸葛，起初是想不明白的，而后看见了缪言，恍然大悟了。

小诸葛摇摇头，又看看次次都考班级倒数的同桌，既羡慕徐嘉宇，又有点小嫉妒。"哎，要是我也有个像缪言一样的同桌该多好哟！"小诸葛在心里默念道，不过现在，这一切都只是想想而已。

"好，开始听力。第一题，听录音，标出你所听到的单词……第二题，听短文，选出你所听到的句子的正确答句……"英语老师说是听录音,其实是她口读的,重重的北乡话把英语的每个字母都变了一个调,听起来就像雨滴打在高低不同的瓶瓶罐罐上,声音此起彼伏又忽然打了很多的"北乡拐",抑扬顿挫,极是动听。

窗外的雨又变大了,上天仿佛是一个完美主义者,还多愁善感,见这个老师口音太重,忍不住哭了。

"什么啊,再说一遍好不好嘛——嘛,亲爱的老师。"徐嘉宇没有控制自己过于放纵的言行举止,更无视课堂纪律,老师犹如他的哥哥姐姐,课堂犹如他的家,"再读最后一遍,好——不——好?"最后的"好"字,还带着尾巴,打着拐。

"不行,你自己不听关我什么事,下去,别的同学还要听咧!"老师没有被徐嘉宇打动。

"啊,老师,您害得我的心都碎了,神圣的您,怎么能这样对待祖国的花朵呢?我知道,您一定是个好人!"他把双手展开在脸颊边,向老师眨巴眨巴自己的小眼睛,一字一顿,嬉皮笑脸地说。

"下去,祖国不需要花朵,祖国要的是栋梁!"老师看也不看他一眼,顺口反驳道。

"哼,坏蛋……"

"学渣们"的英语考试

徐嘉宇还没说完,"观众们"又有话说了,看着他们一张张挂满了厌恶的脸,一看就是对徐嘉宇有意见:"别吵了啦,快点考完快点解脱! 你要顾一顾别人的想法哇!"

"就是! 弄什么都不知道! 再过几分钟就下课了咧! 有种你不要下课!"顿时,整个教室都被徐嘉宇搞沸腾了,有的帮他说话,有的破口大骂……

老师的脸上又挂满了无奈和不知所措,她拍拍掌,没人听,她又用书敲打桌子,依然没人听……难呀! 这位年轻的老师尽力地想让同学们听自己的,可这就像想让一个身处音乐演唱会的人,听见一只蜜蜂拍打翅膀的声音,那该有多困难。

下课铃响了,没有一个人做好卷子,老师也不收卷子了,顺手抄起自己的英语书就走了。不知这时,她心里会是怎么想的,是这个班有多差? 是徐嘉宇有多难教? 还是自己教错了? ……没有人知道。

老师走了,但班里还是"战火连天",缪言领着一队人,捏着自己没做好的卷子,向徐嘉宇破口大骂:"都是你! 害得我们考试都考不成! 哈农想列死捏喂(龙游话:很想打死你喂),你!"

"好笑! 我让老师再读一遍,关你们什么事? 别自作多情了！又不是求你！"徐嘉宇从桌子上抄起自己的卷子，重重地砸向地上，但它却在半空中轻悠悠地打了几个旋，缓缓地落了地。他又捡起它，在掌中间揉了几揉，成了一个球，向身后的垃圾桶随手扔去，"神经病！老娘舅！我干什么都要你们这些成绩好的人来管，你们是我谁哇？啊？"说完徐嘉宇转身就从看戏的人群中离去了。

缪言也走了，他们都不再说什么，只是在心里又想到了什么……

"我是不是真的错了，真对不起他们呀！"徐嘉宇这么想。

"我是不是真的管得太多了？"缪言这么想。

"我们都错了！"他们一起想。

天，又放出了好久不见的晴朗，一丝丝阳光拨开云层，射向了学校。阳光下，飘在半空中的水汽忽上忽下，整座校园都变得朦朦胧胧的，恍若天界一般……

在心里，他们两个又握了握手，那两股绳又系到了一起。

一会儿，他们脸上的迷茫，又被那眼叫"朋友"的清泉洗得一干二净了。

下一节是体育课，操场上：

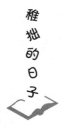

孤独的日子

“徐嘉宇,等等我——”缪言喊。

“快点了,要迟了——”徐嘉宇回答。

他们又去篮球比赛咯!

"惯犯"

小诸葛握着笔,趴在桌子上,看着自己一道都没动的数学题,看着老师面前,批作业的同学越来越多,心里很是无趣……"什么呢?干什么事呢?"小诸葛做不来题目,面对一个上午的无聊,他总得想些事出来干干吧,"干什么呢?"

"好!我们缪言同学第一名,李陈浩同学第二名……"大吴老师翻动着手中的一张张卷子,又看向小诸葛,"下面的同学快点交!再过15分钟我就要讲了!今天要排名次的啊!"

大吴老师的话对小诸葛毫无用处,他依旧趴着看窗外,只有满眼枯黄,他的心里正盘算着什么:"事情?抄答案?还是有更大的事?"

小诸葛转眼看到了隔壁的李陈浩,又看看自己"空虚"的卷子,想着完成任务重要,便选择了——抄答案。

"帅哥——哥! 教一下我这题怎么做,好不——好——好!"小诸葛折起自己的卷子,两只手抱着李陈浩,一边把身子、脚也缠到他身上,"就一题,只是借鉴一下,而——已,谢谢!"

"走开,自己做!"李陈浩推开诸葛子誉,从书包里摸出水杯,瞟也不瞟他一眼,喝起了水。

"哼! 坏蛋! 本来中午有个有趣的事要你参加,哎,可惜呀……"其实,小诸葛心里也没想好有什么趣事要在中午干的,只是随口编了一个。

"真的啊? 什么哇? 作业给你抄! 中午带我去!"李陈浩也是个玩心重的人呀!

天,变得更蓝了,仿佛什么事都没发生似的。的确!现在没发生,但却为中午埋下了一颗定时炸弹,不知这是好是坏。第一节课,下课了,教室里没了人,唯有电风扇还在孤独地旋转,吱吱地响着,似乎在说:"怎么没人陪我玩了?"电灯的光摇晃在桌面上,似乎在自娱自乐;墙壁上时不时落下一块块墙灰,落在高低不平的木头讲台上,咦,讲台的沿边有几株灰色的小植物……原来是拖把拖地时留下的水分滋养的小蘑菇。上课铃又响了,教室里又挤满了人,它们又不再孤独了。

中午,来得何其快呀! 转瞬间,已没有了凌晨的薄雾和朦胧,取而代之的是金秋正午的凉爽。几只飞鸟掠过半空,划过枝丫,劈开两叉树枝,停在另一棵梧桐树上,树下是正在等待的李陈浩。

"老诸葛别走! 你说过中午去'玩'的,轻诺必寡信!"他见了戴着帽子,把帽檐拉得极低的,弓着背,企图从人群中混过的诸葛子誉,大声把他叫停,"过来,说,你早上到底要跟我说什么?"

"啊……没什么,等我先尿个尿再说。"说完,小诸葛便想挣脱李陈浩的手,冲向操场。

可李陈浩的手像是绳套一般缠住了小诸葛:"你去干什么? 我也去。"

"我……我……我就是回班里拿个苹果吃,没什么。"诸葛子誉解释道。

"你刚刚不是说去尿尿啊。"李陈浩似乎听出了什么,小诸葛的话语里不仅有欺骗,而且有明显的慌张,"别骗我啊,快去快回! 有所期约,时刻不易!"李陈浩文绉绉的,说完松开了手。小诸葛哪里听得懂这些,他只知道,趁着这个时间，想点有趣的事来。

他拿来了苹果，在李陈浩面前晃了晃，然后轻声在他耳边道："有主意了，就等我把这个苹果吃完。"

一切都安静了下来，树不再摇晃，鸟儿不再飞翔，小花不再向他人炫耀自己的美丽，一切都在等待小诸葛。

一口，两口，三口……他的嘴不大，可苹果也不大，三两下就只剩下一个果核了。"要的就是它！"小诸葛嘴里含着一大口苹果，模模糊糊地对李陈浩喊道，而后，又把苹果核在他面前晃了晃，咽下一口苹果，又喊一声，"上楼！"

从教室的后门越过栏杆向下望，便是隔壁职校学生洗衣的地方——爬满了苔藓的地方还有裂痕，贴着膜的毛玻璃越发不清晰，住宿楼旁有一个早已生了锈的保温大水缸，看看那些红锈，仿佛下一秒，整个缸就会四分五裂。

小诸葛指指墙壁，示意李陈浩走远些。之后他把抓着果核的手先往后一倾，又向前一挺，果核便像"愤怒的小鸟"似的飞了出去。起初撞到了危墙，而后，向下一弹，顺利地……砸到了一个大姐姐头上。

小诸葛收起塑料袋，扔进垃圾桶，抢先李陈浩一步进了教室，可怜的李陈浩就这样为小诸葛背下了这个大黑锅。那边职校的大姐姐在墙头下"张牙舞爪"，脸部跳着

"狰狞的舞蹈"！

没多久，大吴老师就找上门来了："李陈浩、诸葛子誉，给我出来一下！"他的脸上再没有往常那样"看家好学生"的笑容了，取而代之的是满脸怒容，他的眼皮被愤怒拉得平平的，两只小眼睛也瞪出来了。

"哎，嗯，以后不许这样了啊！那个职校的姐姐都来向我告状了！说我们学校的学生太没有素养了，你们知不知道，每个学生丢的脸，都是丢的学校的脸。哎，嗯，下次不许这样了！"大吴老师不太善于言辞，所以"哎""嗯"了一通，把手背在身后，便走了。看着老师远去的背影，他俩想老师一定失望极了吧。

吴老师走了，小诸葛还是一动不动，他的心里，此时一定是凝重、混乱的吧……不过，他暗自庆幸，吴老师没有把检讨书的字数加一倍，变成1600字，那样可真的没法活了！要是被爸爸知道了，那后果更加不堪设想……

这么想着，小诸葛的脸上洋溢出幸福的笑容。

无趣的野炊

世界上很多东西没有得到,想想都美,但是得到了,也不过如此。

这个规律,同样适合小学生的野炊。

"耶——耶!"原本平静的校园忽然间变得热闹,像是一锅沸水,不只是六(3)班,全校都从读书的严肃氛围中解脱出来,似乎连教学楼都能奔到树梢上。

正常,明天是师生都爱的秋游嘛!

"小诸葛! 我和你一组!"

"诸葛子誉,我也和你一组……"

七八个人目送了老师离开之后,马上奔到了小诸葛的位子前,纷纷要求和他一组。

这也正常,谁让明天是个喜庆的日子呢,谁都想搞点乐子呀！

"啊,好好好,都来吧。李陈浩,你带方便面,以便应急;徐嘉宇,你带烧烤架;项嘉辰,你带烧烤材料;缪言——你带什么嘞？嗯,嗯,对了,充电宝！好,大家都听清楚自己的任务了吗?"小诸葛见这么多人来"投靠"他,一时间把自己当成了老大,其实,是大家想叫小诸葛去给自己当小弟呀！一瞬间反而让小诸葛当上了老大……

这个世界还是很有趣的哦,原本的洼地,忽然出现了满盈盈的一池碧水。

大家一听要带家伙,所有的兴趣忽然被冰水浇过一样,本来期待诸葛子誉多干点,这下好了,所有的活都被分配了,他自己干什么呢？于是有气无力得像是一坨面粉似的小诸葛说了一句:"好——的,再见。"没有一个人问小诸葛,你带什么？

太阳渐渐从西方的山头,一寸一寸落下去,像是怕走得太匆忙,声响太大,把这个小小的、懵懂的世界吵醒了,又像是怕把哪个胆小的人吓着了……

可太阳来的时候就不一样了,当小诸葛还在梦境里啃着大烧饼时,当小诸葛还在梦境里享受着国王一般的待遇时,太阳就已经爬上山头,用自己慈爱的目光注视着这大千世界。它悄悄对小诸葛说:"西滩见。"

"徐嘉宇,烧烤架带了没？还有项嘉辰,烧烤串带了没？李陈浩,应急设备有没有？缪言,充电宝哪？"小诸葛背着空空的书包,排在队伍里,问身后的"组员"。

"呃,我老妈说太重了,待会儿帮我带去西滩。"不知是真是假,徐嘉宇应声答道。

小诸葛摇摇头,想起了自己的妈妈,妈妈要帮他,想到爸爸要他独立,他没答应。看来,回家要和爸爸好好探讨一下这个严肃的问题。宠爱,不是只有我的妈妈哦！不过,这好像是一个严肃而庄重的问题,其实他小小的脑袋已经能够想清楚,只是不愿意去想,谁不喜欢自己过着蜂蜜一样甜蜜的生活啊。

"烧烤串,我老爸说太脏了,不能放书包里,也说帮我带来。"项嘉辰也应道。

小诸葛又摇摇头。

"我都带了。"李陈浩和缪言一起答道。

"看见没！学习成绩好的人生活上一定也是一丝不苟的！多学学！"小诸葛教训道,全然不知,自己最应该受这些教育。这些话,他都是说给项嘉辰、徐嘉宇听的——"灯下黑",可能就是这个意思吧？

经过长途跋涉,终于到了西滩。

"哎,我本就不指望西滩有多美。"缪言走在队伍最后面,拎着大包小包,一瘸一拐的,对着西滩摇摇头。

热情的阳光下,只有一片广袤无垠的黄土,时不时有沙子、尘土被微风卷起,稀少的几株植物成了那儿唯一的风景线,他们就像是沙漠里的仙人掌,显得孤独而不起眼。那儿,只有一处一平方米大的小水沟,还满是脏水,似乎布满了哺乳动物的大肠杆菌。

顿时,几个孩子的热情就像锅里的水蒸气似的,一溜烟,全没了……

"啊,我的娘哎! 学校试有眼光了吧! 这种地方,是要荒野求生的节奏吗?"小诸葛停下匆匆赶路的脚步,仔细打量起自己要待一个大半天的地方。

"算了算了,将就将就吧,反正哪里也去不了,还不如坐下,玩玩游戏来得实在。"李陈浩一屁股坐在野餐垫上,从衣兜里掏出一个手机,把帽子一戴,钻进了自己的世界,"对了,要吃方便面的,书包里自己拿! 再见。"

"小项,你老爸咧,怎么还没来? 不来就只能吃方便面啦！"小诸葛见大家被杂乱的环境左右了心情,想极力扭转局面。但,那是徒劳的,漫天黄沙比他强大得多,就此只剩他孤身一人怀着满腔热血,连他的一点激情也快被这茫茫荒野磨灭殆尽了。"算了,吃方便面好了,哎,都是一些不争气的! 一下这个没,一下那个没!"小诸葛放弃了"拯救"他的同伴,去泡方便面了。这时,又有一个问题迎面而来——哪里有水?

这还真是个大问题,小诸葛只能捏着干脆面,硬着头皮咬,时不时撒上一些调味品,又把方便面蔬菜包里的菜叶往嘴里放,这是最新式吃方便面法。

"缪言! 过来拿烧烤架!"一阵浑厚的声音飞入小诸葛耳畔,接着是一阵电瓶车行驶在崎岖的路上的"咯咯"声。

"缪老爸!"小诸葛放下手中的干脆面和调料包,看向几十米外的一辆"小毛驴"。"小毛驴"上坐着一个消瘦但又不是太瘦的,貌似四十来岁的男人,那就是学霸之父——缪老师。徐嘉宇的烧烤架没到位,缪老师连忙把家里的破架子送来救急。

"老诸葛,你去帮我拿一下吧,我睡一下,谢谢。"缪言把外套脱下来,盖在头上,向小诸葛发出一阵含糊的声音。这声音就像一面没打磨过的铜镜,虽然浑浊,但还有亮。

"好的!"小诸葛正闲着没事干呢!不过见了昏昏欲睡的组员,小诸葛自己也是很想睡呀!他还是去了,可缪老爸不干了,一向严格的他怎容得自己的儿子如此无精打采:"让缪言来!去,把他叫来!"

缪老师的脸上不再有微笑,就像是被浣纱女洗得一干二净,也像是湖里倒映着的开满花的桃树,不过被一个打水漂的少年激得破了相,想必那少年一定就是缪言了吧!

"好的。"小诸葛瞥了缪老师一眼,就向"基地"走去,"缪言,你爸叫你去拎东西!他不让我拎!"

"我老爹真烦人!拎个东西都这么多花头精!烦死了!"缪言立起身来,把外套向一边的小椅子上"潇洒"地一甩,像他老爸似的板着脸,向"小毛驴"走去,往日那个精神的身影早已被无精打采吞噬了,他,只剩下满脸灰土。

东西拎回来了,缪老爸也走了,气氛是活跃了几分,但依旧没有生机。没有一个人愿意去摆烧烤架,没有一个人愿意去拿烧烤串,甚至没有一个人想和别人说句话,直到结束为止。

大家都被家长领走了,黄土上多了一堆堆的垃圾,唯独小诸葛一行人的"领地"上,依旧只有黄土,没有垃圾,只留下了一大块思考的空间:如今的孩子是不是就这么过

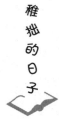

了？他们对生活就没有一种尝试的意愿吗？……

　　散了，散了，太阳也和蓝天散了，取而代之的是无边的夜。今天，是小诸葛最无聊最失败的一天，他从没感到过如此失望……

在父辈的肩膀上

　　"哎,谢四泽謷捏(龙游话:表示没有价值、没有必要)! 什么活动! 还不如在家里多做几本奥数书! 要不是学校里要求发,我死也不会发的……"大吴老师走在走廊上,双手抱着一沓花花绿绿的纸,就像是用毒苹果的皮做成的一样。

　　连大吴老师都气愤极了:"什么野营! 尽是些不踏实的东西! 还不如参加点社会实践活动来得实在!"

　　"咚!"那沓纸被重重地拍在讲台上:"发了! 让他们要的来签个名!"说着,他从口袋里翻出一张折叠过不知多少次的红色纸,就像是烧饭时围的围裙似的,满是饭后的油渍,这就像是一件毫无用处的早已废弃了的物品,是的,大吴老师的确这么看待它。

"什么哇!"徐嘉宇一见老师离开,马上抛开自己手中的笔,奔向讲台,"暑期夏令营报名表……哎,哎,我要报!缪言,你要不要报? 我帮你拿一张来!"徐嘉宇攥着两张报名表下去之后,紧接着的是大批的人,他就像是一块小石子激起了千层浪。

教室马上就被截成了两截,后半部分是同学们的座位,只有几个"另类"还安安稳稳地坐着,其他人都拥上了讲台。顿时,讲台被淹没了,只剩下墙头挂着的五星红旗还闪着精神十足的光芒。整个教室就像是一朵玫瑰花,前头是花,都是人,开得格外妖艳,而后半部分就是茎了,只是一根空落落的棍子,还有几根刺。

"别抢! 给我留一张!"

"走开! 我也要的! 给我拿一张!"

"别烦啦! 别抢我的! 我先拿到的!"

大家都上台抢了,有抢到的,也有败退的。小诸葛呢,则等着坐收渔翁之利。只剩下五六个人了,还剩三四张:"小诸葛,你不去? 你野外知识这么缺乏,还是不去为妙。"一个同学"奉劝"小诸葛道。

"我缺乏? 你好得到哪里去? 先下手为强!"还没落下话音,小诸葛已经闪到讲台前,一张表已经在他手中了,

"拜拜!"小诸葛把身子一转,向台上还在互相"斗智斗勇"的几个同学挥挥表,补上了一句话,"后下手遭殃!"

天,笑了,树叶也摇晃着双手。教室里,电灯晃动着,所有的光都照向小诸葛,仿佛今天,只有他是主角,台下的观众纷纷为他而欢呼。太阳柔和的光线变得有一丝丝珠光宝气,仿佛它就是一颗大钻石,棱角分明,照亮了世间的一切,更给予了小诸葛欢悦的心情。

也不知是过了几天,还是过了几个星期,终于到了通知书上说的那一天。

操场不再像往日一般拥挤,因为一个班只有三十个人,红旗飘扬在小诸葛头顶,主席台上方挂着活动横幅,两旁的树叶都更有精神了,似乎它们也要参加这次活动,仿佛它们也是童心未泯的小孩子……

地点是一座山,也不知算高还是算低,总之,树木茂盛,早就掩盖了林间小路。粗大的树格外多,就像是壮汉的胸毛一般茂盛。山顶上,有一片黄土地,就像是大吴老师的头顶一般,只有几株矮小的灌木丛占下了领地,历经风吹日晒,有的灌木丛已经坚持不住,只剩下"骨架"了。

有的女生连喊害怕,也有男生直喊刺激,但这都不是最重要的,什么都不喊的,才是真高手。

三班在山腰扎下了营,那儿正好有一股小山泉,真是个好地方,只不过没配上好团队,三班的同学们没有一点团结心,有的洗碗,有的搭锅,有的什么也不干,还有的受不了,直向大吴老师求助。男生还吃得起一点苦,女生就过分喽!

几个女生围成一团洗着什么,可半天了,什么也没干——她们时不时把手伸进冰水里,刚一触到,马上就收了回来,像是不忍心捣碎那水中的青山,那水中的美景。其实是那些千金大小姐受不起这样的冷水,要知道,平时在家里总是要热水有热水,要什么有什么的呀!

不过,男生也好不到哪里去,搭个锅干了老半天,一会儿石头滑下来了,砸到了脚,一会儿锅又滑下了架子,卡在了灌木丛中……像女生一样,没顺利地办成一件事,看似倒霉,其实是他们自己没有经验! 全都是公子、小姐。

忽然,山里的风大了,仿佛把一切都吹斜了,似乎把同学们怀着的一颗跃跃欲试的心都吹凉了。再听,这风声,恍若哭泣的少年吹着笛,断断续续,悲伤但又有些激昂,就像是《乞丐悲歌》似的,吟诵着同学们心中的苦。

父母常说,我们这一代站在他们的肩膀上,应该更优秀,但我看未必! 发达的社会,已经让当今的小孩失去了一些在过去看来十分平常的自理能力,再好的成绩又有什么用?我们是站在父母的肩膀上,但也要注意,高处不胜寒!站得越高,越要小心,失足了,便会滑到父母脚下,甚至更低……

此时此刻,小诸葛只是坐在地上,看着闹哄哄得像打仗似的同学们,心中不知在想些什么。今后怎么办?他深知自己站在父母肩膀上,理应看得更远,可是,他的脑子里还是一片幼稚、无知的空白……

此时,在他心中的一切都已不是原来的那些了,现在,他的脑海中只有一句话——我在他们的肩膀上,我得看得更远!

卖孔明灯

　　"儿子哎！七夕节我们去广场上卖孔明灯怎么样？"诸葛子誉的爸爸刚吃饱饭，躺在老旧的、仿佛有几根绳子快要断了的躺椅上，滑着手机的屏幕，微信上朋友们都打算带着孩子在七夕节时出去活动活动，这让他也有些心痒痒。

　　"啊？卖孔明灯？你自己去，我没兴趣，自己的作业多得很，还有闲工夫陪你卖孔明灯？"诸葛子誉一边想，一边往嘴里塞青菜，一边给予爸爸答复："我没那个兴致，要去你自己去！哎，对了，老爸，你肚子这么大，好去跳跳绳了！"

　　"别岔开话题！反正你一定要和我去！只不过是一次社会实践活动罢了，作业做不好，我帮你做！"爸爸转身，艰难地爬了起来,向电脑走去,"我这就订二十个孔明灯来!"

"真的?你真的帮我做?拉钩!"小诸葛伸出小拇指,想和老爸拉钩,生怕他到时候反悔。

"放心啦!我一定不会反悔!"爸爸头也不回,一口咬定不会反悔,"我再找几个人和你一起去卖啊!"说着,他又拿起手机。

诸葛子誉暗暗开心,虽然自己成绩不是很好,但是爸爸严格之余,还是理解读书是个啥玩意儿,将来的路不仅仅只有一条,只要自己能坚持认真读,掌握良好的学习方法,并有良好的态度,一切OK——爸爸希望自己成为一个学霸,但是暂时学渣一下,好像也没什么了不起的嘛。

荣昌广场上,已经热闹非凡。

"卖孔明灯!"小诸葛的声音,像贼一样,缩头缩脑,一点也不干脆。即便如此,他也感觉到自己的脸已经火烧火燎了。

他看着漆黑一片的天,如今却是这么明亮,月光下,是"一望无际"的广场,广场上只有跳广场舞的大妈和俗气的广场舞音乐。这是一块圆形的开阔场地,场地边,没有年轻的小情侣,只有端着饭碗、牵着小宝宝的老奶奶和稍微大一些的正在溜冰的小孩子。整个公园乍一看,真像一个监狱,有着各式各样的人,唯独少了年轻人。

"这里怎么会有人买孔明灯呀? 都是些大妈大婶! 再说了,这些人谁放得来孔明灯呀? 一个都卖不出去,这可亏大发啦!"诸葛子誉坐在公园的石椅上,怀里抱着一大摞还没卖出去的孔明灯,望着广场上跳舞跳得"如痴如醉"的大妈们,心里既无奈,又有些悲凉。月光映照在他的脸上,只剩下一脸苍白和无助,还有那清晰的喘息声……他,快要绝望啦!

小诸葛抬起头,望着天,满天的孔明灯已经放飞了多少人的梦想? 而自己手中的孔明灯似乎因为自己的无能,永远都无法遨游在天际,永远无法承载着梦想,无忧无虑地飞翔……

"老诸葛! 我来也!"石子路上,是蹦跶着的李陈浩,"你老爸发了微信说你要来卖孔明灯,于是我妈也叫我来了! 说是一次很宝贵的社会实践活动。"李陈浩双手撑着膝盖,贪婪地呼吸着空气,像是刚从喜马拉雅山回来似的,氧气用得差不多了,脸早已涨得通红通红,全身上下的细胞仿佛都因运动过度而颤抖着,但是依旧跃跃欲试,"我找了整个广场——你卖了多少? 我不会来晚了吧?"

"还没。"小诸葛冲着他挥挥手中的孔明灯,"你来早了! 我一个都没卖出去。"小诸葛从石椅上跳了下来,"走,我们去卖!"他说得轻快,但听不出的是那份伤心,是那份无奈。此时,他想着什么,谁也不知道。是爸爸坏? 还是自己无能? 或是其他的什么……

李陈浩看着小诸葛兴致勃勃的,自己也充满了自信,他不知道的是,小诸葛对能卖完孔明灯早已没有半点期望,能卖出一个已经不错了!

"阿姨,买个孔明灯吧!"小诸葛尽量把孔明灯推近一个阿姨的眼帘,脸上使劲挤出笑容,努力想把刚才的伤心忘却,但方才的委屈依旧像冤魂似的围绕着他,转着圈,使劲往他脸上撒着石灰——他的脸,依旧阴云密布。

"谢谢,不用了!"

"阿姨,买个孔……"李陈浩更是悲催,连话都没说完,那个阿姨就走了,只留下一个冷漠的身影。这可让李陈浩气愤了,平时一向有些唯我独尊的他,今天竟然把自己的热脸贴上了别人的冷屁股! 他在心里暗暗发誓,今晚一定要卖了这些该死的孔明灯!

他们一起看向远处,迎面走来的是一个体态纤瘦、满脸喜气的青年女子,她的一只手上捏着一条绳子,绳子的另一头,是一只脑门上顶着月牙形白斑纹的小香肠狗,另一只手牵着的是一个三四岁大的小孩,全身上下都透露着一丝丝高贵,不是华丽的珠光宝气,也不庸俗。

"阿姨,啊,呸! 姐姐,买盏孔明灯吧! 两块一个。"

"啊? 你们是自己来卖孔明灯的吗?"那个姐姐打开包,掏出钱包,翻出四张崭新的刚从银行里取出来的一元钱,递给小诸葛。小诸葛也挑出最好的两个孔明灯递给她。

"小朋友,这个怎么放我不知道呀! 能不能教我一下?"那个姐姐把小狗绑在小路边的一支竹子上,拆开了一盏孔明灯,递给小诸葛。

小诸葛看看李陈浩,李陈浩也瞟了小诸葛一眼,示意他,自己也放不来,只是来卖孔明灯的! 时间,仿佛停留在了这一刻,不再前行,月亮,看着这尴尬的一切。

小诸葛踌躇地拿着孔明灯,不敢动,仿佛一动就会打破这原本平静美好的一切——其实是他放不来而已。

只能硬着头皮试试了,小诸葛扔开包装纸的那一瞬间,瞟了一眼说明书,便展开缩成一片的孔明灯,掏出打火机,点燃燃料,它渐渐膨胀,没过几秒,便成了一个鲜红的纸灯,恍若桃树上结出了一颗大仙桃,徐徐飞上天空……

我成功了！小诸葛在心中暗自想。

一只小鸟掠过湖面,尾巴轻轻触动了水面上的人影、树影、月影,触动了水面的一切,也触动了小诸葛的心。这是他的第一桶金,是对他来说的一次真正的成人礼——他已不再是小孩,今天的短短几个小时,让他明白了世间很多他不知道的东西。

"爸爸要我做的,一定不是恶作剧!"

小诸葛两手空空,走在回家的路上。看! 他身上多了一份睿智,多了一份成熟……

分数的意义

"好,'四点钟学校'(指放学后的托管班)我们考一张试卷! 马上就能批好的!"大吴老师把一沓卷子从腋下抽出,一边看着手机一边说。他还没有朝班里看一眼,就又走出教室了。

"切,切! 又是考试! 老夫见得多了! 天天考! 想想大吴老师的卷子都没什么难度!"李陈浩合上《学力检测》,盖上笔,向后门走去。小诸葛看着他,心中有几分不服气,又有几分敬佩。总之,看着自己的同学面对考试都这么有信心,自己也真想有这份自信呀!

他立起身来,就像是一只脖子很长的鸭子,站在鸭群中,被一只无形的手无缘无故拎了起来:这张卷子真的不难? 可能对学霸来说不难,对于我来说,肯定难得"非同凡响"！想着,小诸葛坐下了,可心中那份担心依旧坐不下来,就像屁股底下的是钉子椅一样,额头上的汗珠也不由自主地落了下来:有没有人给我垫底呀?

时间就像是捕鱼新手抓的泥鳅,身子一扭,就不见了踪影,也像是没什么技术的洗衣新手手中的衣物一样,稍不留神,它就随着波浪不见了踪影。"时间被谁调过了吗?"小诸葛心想。

"沙……沙……"教室里只剩下刚"出炉"的考卷在人手中被翻折的声音和浓浓的油墨味,楼下传来的是不知哪两个老师的谈话声。

"考试时间一个小时,试卷有些难度,尽量多做!"大吴老师放下手机,坐在讲台边,将台下的同学们都扫视了一遍才又拿起手机,恍若老爷扫视着脚底下成群的仆人。

夕阳离西边的山头只有两指远了,已经染红了半边天,时而明亮时而黯淡,就像是一位技术好的油漆工,那庞大的天空就是他的家,他正想重新装修一下自己的家呢!教室里,太阳金色的光渐渐变得稀疏,取而代之的是忽明忽暗的节能灯光,它反射在钟表面上,模糊了刻度,模糊了时针,也模糊了小诸葛的心:我做不来!救命呀!

"好!收卷了!"大吴老师把身下的椅子推开,在过道上来回走动，"还有半个小时！我要批试卷的！好交了。第一大组，你来收……"

试卷消失在了大家的眼前，心情是好了，但未来是否会变得更沉重，没人知道。眼前是豁然开朗了，但未来是否会变得黯淡无比，也没人知道……

"李陈浩，你觉得你能考几分？"王恒毅趴在李陈浩的桌子上，问道，"我觉得我能考九十五分以上。你呢？"

"我有九十分以上都好喽！"李陈浩嘟着嘴，不停地玩着笔盖，拔开，合上，拔开，又合上，眼睛里是淡淡的云翳。

"哎……哎，没想到这次的那么难！"李陈浩刚开始那份自信全被区区几题"绞杀"光了。小诸葛看着一个个同学失望的神色，自己的开心也被吞噬光了。

窗外，是一片繁忙的都市，小摊小贩吆喝着；街头卖菜的大娘正还着价，好像弹棉花一样絮絮叨叨；开车的司机正鸣着喇叭，还一边咒骂着前面的司机，显然是路怒族；几栋高楼上，雾霾悠闲地游荡着……

这一切，都让小诸葛心烦。

"李陈浩，九十三；徐嘉宇，八十七；诸葛子誉，九十……"大吴老师一边走着，一边拿着文件夹"宣读"着同学们的成绩。没有一个人兴奋，最高分只有九十六，这可是一次普通的单元考试呀！区区九十分,怎能让老爸称心?

还没到放学的时间,但没有一个人说话,没有一个人想出去活动活动,大家都只想坐着,聆听着,还有谁比自己差,自己在班里能排到第几名……没有欢笑,现在的六(3)班,已不是过去那个六(3)班了!

"你们!考得这么差!没几个创新班的料!连一次简单的单元考试都这么差!哎,我怎么会有这么差的一批学生!我从前的学生从没有这么差过……"大吴老师原想上台讲题,结果又想起今天同学们考得一塌糊涂,把粉笔往讲台上一扔,又像个孩子似的,耷拉着脑袋,坐在椅子上,时不时把手伸进衣兜里,想抽根烟解解气,但不知为什么,又把已经伸进衣兜的手缩了回来。看着像祥林嫂似的大吴老师,大家的心里都蒙上了一层阴云。虽然很多人说成绩不代表未来,但是成绩代表现在,马上要小考了啊。如今,考不上好的中学,意味着在起跑线就落后了。

"一代不如一代……"在小诸葛的眼睛里,大吴老师有点像九斤老太。

小诸葛有些不服气,想举手,又有些胆怯——不过,他还是踌躇地举起了手:"大吴老师,我觉得您说的有些

分数的意义

矛盾。"

"什么?"大吴老师挑起眉毛,放下手中的粉笔,看向小诸葛,他简直不相信竟然有学生敢较真他的一句话。

"您以前说过,学习时,良好的心态很重要,可你现在这么一说,谁都没了心情,更加学不好了。现在的情况,和你从前说的完全相反呀!"小诸葛向大吴老师反驳道。

"你插什么嘴?这么简单的单元考试才考了这么一点分,难道不用被训吗?你以为你考了九十分很好啦?就这个水平,龙三中都难进!"大吴老师立起身来,缓缓地向小诸葛走去。

"吴老师,您错了,分数并没有这么重要。的确,没有好的成绩,是没好初中读,也可能会没有好未来。但,我相信我爸爸说的,他过去好几次和我说,人,要活得快乐!或许您有您的看法,但是,的确不应该给自己太多的压力,一个感受不到快乐的人,活得再成功,又有什么意义呢?"小诸葛说起了自己的爸爸。过去,他常与小诸葛说一些大道理,认为小诸葛应该听不懂,想不到,今天,小诸葛竟用上了,想必身为父亲,一定会非常自豪!

邻座的同学都看着小诸葛,看着他和大吴老师作对,都想看看他会有什么下场。

"嗯,嗯。"大吴老师又走了回去坐下了,皱了皱眉头,看着一片空白的讲台桌,他的心,也像被刷洗了一遍,一片空白:我真的做错了吗？或许诸葛子誉才是对的呢！青出于蓝而胜于蓝呀！

小诸葛还没有说完,他心中的道理还有很多很多,他又振振有词地说:"大吴老师,如果我们不那么看重分数,更侧重于学习的心态,追求幸福的生活,做一个积极健康的人,那也未尝不可啊！"说完,他就坐下了。

"好！放学！"大吴老师的眉梢多了一丝微妙的不易察觉的欢悦——我的学生们真的长大了！我是不是也有些老了呢？

回家的路上,李陈浩拍拍小诸葛的肩,向他挥舞着大拇指:"你行,说动了大吴老师!"小诸葛向他笑笑,什么也没说。

夕阳下,一切都变得火红,变得像火一般热情,另一边,月亮露出脑袋,照亮黑了的半边天。小诸葛背着书包,走在日和夜的交界线上,默默无语——他的背影,多了一份自信。

初　赛

"诸葛子誉,走了! 十点钟就要考试了!"妈妈在洗手间里,一边刷着牙,一边用含糊不清的声音渴望唤醒诸葛子誉,"迟到三十分钟就取消资格的! 快快,快!"

"嗯,嗯!"小诸葛揉揉眼睛,把被子向上拉一点,又把枕头一掀,整个人都埋进了被子里,"再睡几分钟。"他说睡几分钟,实际上已经睡不着了,刚才脑中还过了一遍和吴老师的"幸福探讨",没想到难得的周末,要被妈妈抓去奥数比赛。

"不准睡了! 迟到我不管了啊! 这可是大吴老师叫你去的,我打个电话给大吴老师,让他看看你!"妈妈理了理衣服,从口袋里掏出了手机,熟练地划了几下,找到了拨号键盘。

妈妈的撒手锏,一般都是黔驴技穷的时候用。

"哎,哎,不不不! 我起床了! 我起床了!"小诸葛蹦起来,被子被"堆"到一边,枕头在空中做了几个漂亮的转身,又正面朝上,安安稳稳地躺在了床上。

吃完早饭,坐上车,"华杯赛"已经近在咫尺:"什么华杯赛! 都是害小孩伤心的!"小诸葛坐在车上,双手抱着书包,看着窗外的后车镜,喃喃自语道。

天下着小雨,车前的玻璃上,时不时有几滴雨光顾。雨滴"嗒嗒"地打在透明的车窗上,溅起一朵朵透明、无瑕的水花。小诸葛时不时往后靠,像是怕水溅到自己脸上似的。太阳十分无力,就像是水中的倒影,随波逐流,又吃力地爬回自己的位置。

车子里,车灯被小诸葛打开,昏暗的灯光照在他的脸上,映出了他的满脸愁容。"华杯赛,一定很难考吧! 毕竟是全国级的竞赛呢! 我一定连复赛都进不了吧! 哎,算了,不抱怨了! 能做几题是几题吧……远洋现代城? 龙的传人培训? 什么东西?"

小诸葛的目光随着车子的移动,一起移动着。就是到这里考试吗? 小诸葛心想,没有想象中的那么豪华,那么高大上呀!

"答题时间一个小时,十一点准时收卷! 不要用自己的草稿纸! 被我发现作弊,零分处理!"一个又瘦又矮,戴着红色边框眼镜的男人扯下一个档案袋的封条,拿出一沓卷子,"只有两面,十道题目,认真做,仔细检查! 做一题盖一题!"

"啊! 这什么题目呀! 谁做得来呀! 将1,2,3,4,5,6,7,8这八个数字排成一行,使得两边各数之和相等,请问有几种排法? 妈呀! 我看都看不懂!"小诸葛在心里说着,盖起笔盖,看向下一题。虽然十题下来,肯定有会做的,但小诸葛早已放弃了,他一向遇到难题就主动投降,可不想为难自己。

他看向四周,没有一个人抬着头,全都埋头苦干着,想要超越所有人——虽然那不现实。监考老师早已脱离"战线"玩起了手机,只是偶尔扫一眼考场,让几个实在不安分的家伙安分些。

时间从没过得这么快过,当老师宣布离考试结束还有十五分钟时,所有人都深深吸了一口气,那些才做到第一面的同学,放下了手中的笔,双手撑着脑袋,两行泪珠从手臂上划过,滴在破旧的木桌面上,许多人都是如此……

来时兴致勃勃,去时只剩下满目疮痍的卷子,以及一片伤心、难过。奥数,就如一个阴谋家,耍弄着孩子们的青春。

怎么办?还剩十分钟了,我还有这么多题目没有做出来!相信大家都是这么想的。

考场里,没有欢笑,没有吵闹,没有一丝生气。监考老师终于放下手机,在过道之间来回走动,时不时瞥一瞥两旁的考生,就像是监狱长在巡逻,手持电警棍,两旁的囚犯虎视眈眈地看着他……只有一片阴森。

如果此时此刻有人叫小诸葛出去玩,相信他一定兴致全无。

天,变得昏暗了——雨下得更大了,太阳像是被急流冲走了似的,只剩下一丝光;云,变黑了,就像是一颗纯洁的心灵被污染了一样,也像是吸烟者漆黑一片的肺一样;屋外的树,被风摇动着,整个头都垂了下来,仿佛它也是个考生,听见了自己惨不忍睹的分数,伤心地垂下了头。

电子手表响了,但考试仍未结束,老师看看手机,又看看考生们,无聊地打起哈欠,哈欠声和着风声,还有暴躁的鸣笛声,奏起了一首短暂的交响乐。

小诸葛觉得有些无聊,拔开笔盖又合上它,拔开又合上，又用糖纸折了一架纸飞机向节能灯抛去，一个转弯，栽进了前面一个女同学的头发里……他就像是一只鸟，被主人软禁在笼子里，心飞出去了，身体却永远也无法再次遨游天际。

什么竞赛呀！弄得人头昏脑涨的，小诸葛一边在心里想着，一边把笔装回了笔盒，准备离场。看着除了姓名那一栏一片空白的卷子，小诸葛心中总有些过不去，它们就像是一道道坎，小诸葛跳不过去，也爬不过去……

在座的哪一个有着轻松的生活呀！都知道学习是为了有好的将来，有好的生活。但是现在，没有人能够轻松，老一辈的人常说，现在的苦，是为了换取将来的甜，但有一点不可理喻，从小生活在阴云之中，长大了哪能像什么都没发生过似的，安心、平静地享受生活呢？习惯了给自己施加巨大的压力，成人以后，依然是"奴隶"，生活在他人的背影之中。

爸爸常说，不能死读书，应该做一个眼界开阔的人，而不是使劲追求成绩，现在的成绩，并不能代表将来的什么。

"嗯，嗯……这点上，我十分百分千分相信我的老爸！"小诸葛夹着笔盒，一边想着，一边走下楼，迎接他的，是妈妈的笑脸。

"儿子,考试考得怎么样？好不好?"妈妈接过笔盒,问道。

　　小诸葛什么都不想说,只是说了一句:"嗯,我又学到了很多。"

　　是呀! 又学到了很多。

竞　争

　　液晶屏幕上，放映着《动物世界》。小金鱼缓缓地游在水里，大鱼的嘴一张一合，一眨眼的工夫，多彩世界上又少了一条可爱的小鱼。

　　生命竞争无处不在！

　　小诸葛正看着节目，看着看着，又想起了早上的事，那只不过是一场普通的升学模拟考而已。

　　试卷发下来了，沙沙沙的声音中，有的人很不屑，有的人很伤心，也有的人面无表情，但个个都低下头做题，毕竟这是六年级第一次模拟考，大家都想拿个好分数，回家向大人炫耀炫耀，博取点赞扬。但升学考试的卷子不是想考好就能考好的，大家刚升上六年级，实际还只有五年级的水平，成绩好的倒无所谓，那些成绩中等，乃至中等偏下的同学,只得做一会儿,停一会儿,小诸葛更是煎熬了。

正面还好,填空题、选择题、判断题,总有几题能蒙对,反面可就惨了,应用题、图形题,做不来,难不成还写一加一等于二呀?

试卷翻面的声音和着风声、其他班的读书声,还有校园外街头艺人的歌声,厚重的磨菜刀声,以及毫无规律的焦躁的汽车鸣笛声,钻进同学们的耳朵,萦绕在他们心田,扰乱了原本平静的心情。

"吵死了!"总有几个学生会抱怨。

听着别的班级朗朗的读书声,三班的同学们是那么的羡慕!过去,他们厌恶读书,现在,读书的机会逝去了,他们又多么渴望读书呀……哎,没办法,现在做题才是真"英雄"。

小诸葛看向窗外,看向自己家的方向,却被一棵高大的松树所遮拦,就像他的心,早已被一道道题目遮掩得透不过气来,越跳越缓慢,越跳越没活力,就像是一位将死的老翁萎缩的心脏,只有对生的渴望和最后几丝血液,支撑着他的生命……风,吹过他的心田,刮走最后一丝期望。

收卷了,同学们的脸上没有笑容,老师的脸上照样没有笑容。很显然,大吴老师早已知道,第一次考升学试卷,没几个人能考好。

老师捧着试卷和茶杯走了,同学们也渐渐从"悲痛"中缓过神来,都找上与自己要好的成绩比较好的同学,对答案,下课铃还没响,可教室里早已沸腾了:"应用题第一题,你是多少?"

"你先说,是你问我,总得有些诚意吧。"

"别烦啦,快说,不然不理你!"

…………

时间,冲淡了同学们对试卷上分数好与坏的念想,大家终于又像往常一样,还是哭的哭,笑的笑,玩的玩,闹的闹。而大吴老师就显得不友好了,就像是一个忽然闯进他人美好生活的打搅者,让人讨厌:"试卷批好了,李陈浩、徐嘉宇、诸葛子誉,你们来发一下。"

一张,两张……六十四分,五十三分……小诸葛没见到好分数,反而个位数的分数更多了。从前的学霸,就像是芭蕉树被种到了沙漠里,没活下几株,竟一口气从九十分的水平,落到了七十几分;那些原来成绩就差的同学,可高兴喽——成绩好的没考好,我没考好不是很正常吗?想必每个人都会这么想。

即便人人都考得不咋的,心中也难免会留下一些失望。窗外的风停了,积云、卷云都变得暗淡,摇身一变,成了乌云。太阳,像位刚出道的歌手,紧紧地握着话筒,却迟迟不敢唱歌——它,躲进了云层里,再不复出,只留下一圈泛着红光的轮廓,时隐时现,仿佛即将要被扑灭,萎靡不振……

教室里,电风扇无力地旋转着,时不时落下几粒灰尘,掉在长年没人扫的水泥地板上;讲台顶端的灯"老了",时不时闪几下,像是下一秒就会迸出火花;日光灯就像一只长臂猿,抓住天花板,晃荡着。灯光也摇曳着,就像是舞台上只照着主人公的那盏聚光灯,移动着,摇晃着。杯子里的水跟着地板一起晃动,有一些下不来,附在杯壁上,形成一道水帘,微弱的阳光下,水珠也变得闪亮,晶莹。

"李陈浩九十八,诸葛子誉七十五,徐嘉宇八十八……"大吴老师把成绩单按在桌子上,用大腿顶开椅子,扶了扶鼻梁上的眼镜,读道。

讲台上,是老师失望的面孔。讲台下,是学生的交头接耳。有的说,自己不如别人,一副放弃的神色;有的说,自己胜于他人,有些自高自大。教室里只有两种声音,但依然弄得整个教室闹哄哄。

终于,大吴老师忍不住了,分数也不报了,手机也放下了,只是在过道之间来回走动,双手插在自己的衣兜里,头颈缩在领子里,什么也不说,任由大家吵……这是老师"罢工"的一种形式。

"吵够了没?"大吴老师缓缓走向讲台,拉出椅子却不坐下,"这只是一次普通的模拟考试罢了,不用看这么重!"

大家都静下来了。

"这只是班级的一次竞赛,一场再普通不过的竞争,不代表你差,也不代表你优秀!不要看太重。先不讲题,讲一些题外话。"大吴老师又把椅子塞回讲台底下,"大鱼吃小鱼,小鱼吃虾米,都知道的吧!像竞争这种东西,无处不在,天上,地上,水里……到处都有。像人,竞争在哪里?在学习,在工作,在于有没有好车好房,这个社会很现实的!只有强者才能好好活着,弱者只能吃'残渣剩饭'苟且偷生!我今天的测试,只是为了看一下,一个暑假下来,你们的水平是进步了还是没改变,或者是更差了,没有其他用意。都是六年级的小伙子、大姑娘了,升学考前,一定要学会调整好自己的心态,这一切都只是一场竞争而已,并不代表你未来会怎么样,有多好,有多差!记住!竞争,像是一根鞭子,时时鞭策着人们前进,也是一把尺子,能量清自身水平的深浅、高低!"说完,大吴老师便走上讲台,又操起粉笔,挥舞在老旧的黑板上,那身影,依旧像往日那样,一成不变的伟岸——虽说大吴老师并不是很高。

放学了,人都走了,太阳也慢慢地躺下,要休息了,它半睁着眼,西边那半边天,只剩下最后一缕光辉,另半边天,月亮已经来接班了……

考考考,老师的法宝;分分分,学生的命根。小诸葛很迷茫,他成绩不拔尖,那么自己的命根在哪里呢?

钱漏子

"哼！我以后再也不吃东西了！"项嘉辰捏着一个糯米饭团，起身走向垃圾桶，"咚"的一声，他把糯米饭团扔了进去，"该死的老爸！叫我不要用钱！我吃的、穿的，哪一样不是钱？大不了我以后什么都不吃！"

"怎么了？你老爸又跟你说什么了啊，弄得你这么生气？我猜，多半是你的错！"小诸葛坐在位子上，看着以泪洗面的项嘉辰，笑了笑，"太可爱了！面红耳赤的项嘉辰！哈哈！呵呵……"他捂着肚皮，弓下腰，把头埋在书包中，不禁喷出几粒饭。

"别乱猜啦！我做错了什么啊？是我老爸！叫我别花钱！生活中有什么是不要钱的哇！除了空气！"项嘉辰垂着双手，坐在自己的位置上，断断续续地吸着气，仿佛下一秒,空气也会变成收费的。"诸葛！你说是不是？有种他一分钱都不要花！"项嘉辰面朝诸葛子誉,向他提出问题,还没等诸葛回答,又转过头,面朝黑板,看着漆黑一片的黑板,仿佛他眼前也只有一片黑暗。的确如此,此时,项嘉辰心中,一定只剩下对家长的"仇恨"了吧！

此时还早,大吴老师还没到学校来,班里也只有小诸葛和项嘉辰两个人,除此之外,只有呼啸的风声、小贩的吆喝声与他们为伴。天还蒙蒙亮,街上的行人没几个,多半带着匆匆的步伐,像是要赶到哪里去,也像是在躲避什么令人惧怕的东西……街上一片沉寂,时不时有卷帘门被向上推的巨大的响声——现在,正是复苏的时刻,好比一个人想从冬天温暖的被窝里爬出来一样,需要巨大的决心。

"你爸爸不是不想让你用钱,只是想让你节约而已,这都听不出来,傻！"小诸葛坐在位子上,啃着自己手里的大饼油条,冲项嘉辰摇摇头,"有哪个爸爸舍不得让自己的孩子用钱的？不论是谁,肯定都希望自己的孩子能好好成长呀！不吃东西哪能行！趁现在天还黑,你再到校门口去买点东西吃！"

"不可能！他清清楚楚地和我讲,我也没幻听,就是'别用钱',不会错的！我懒得出去买！我以后再也不用他给的钱了!"项嘉辰从抽屉里抽出一张纸,抹去眼眶边的眼泪,又抽出一张,擦去垂在嘴边的鼻涕,又吸一口气发出一阵呼噜的声音,是鼻涕在他鼻孔里淘气地打转。

"哎——哎,你怎么就这么倔强呢?难道你一点都感受不到父母对你的爱吗?哪怕一点,只要有那一点,你也不会这样吧?再坏的父母,也不可能坏到活活饿死孩子吧?你父母只是让你节约一点罢了!你家又不是亿万富翁,再说了,人家亿万富翁也不见得会挥霍财产呀!"小诸葛把项嘉辰按在椅子上,希望他能好好听自己说说话。

"可是,我老爸叫我别花钱,这怎么可能呀!有什么吃的、喝的、穿的,是不用钱就能有的呀?要不然就是我家能生产所有东西!"项嘉辰喝了一口水,喘了几口气,心中的愤怒终于缓和些了。

"你想想,从你出生开始,到现在为止,父母在你身上花了多少钱?或许是他们十年不吃不喝才能积攒下来的数目:出生,住院费什么的,算他一万;每年的新衣服,十二年,算他一年四套,一套六百,一共是两万八千八百元……就假设他们要把你养到二十岁,你才能独立,再加上你又这么会用钱,起码要在你身上花掉不下于一百五十万!你想想!这一辈子你还得清吗?还得起钱也还不起生身之恩！"小诸葛从书包里翻出一本破旧的,连装订线都快要掉了的牛皮本,一步一步地计算给学习比自己还没用的同桌听……算一算,又验算一遍,再重新算一遍。项嘉辰心中,不由得多出了一片光明,不知是不是小诸葛开辟出来的,这片光明被命名为——亲情。

"我真的错了,真的错了! 爸爸,我终于能理解你当初对我说的话了!"项嘉辰放下手中的水杯,静静地趴在桌面上,心中默默想到一些小诸葛教给他的,使他终身受益的东西——亲情。亲情值多少钱? 倾家荡产也换不来!

天,亮了,路上的行人放慢了脚步,大街上的车子也不再急匆匆,放轻了喇叭声,书店边的大钟响了七下——六点半了。

太阳露出发梢,几丝阳光透过教室的窗纱,照在项嘉辰的眼镜上,晃得他睁不开眼。他摘下眼镜,一双纯洁的眼睛里多了一丝成熟的光,是太阳给予他的? 是小诸葛给予他的? 都不是。是那股名为"亲情"的清泉给予他的。清泉,为他洗一把脸,为他洗去满脸的"污渍"……现在的项嘉辰,不再像从前一般幼稚,只能看见人表面的好与坏,现在这双眼睛,能看穿幻象,寻找到真正对他好的人——亲人!

"钱漏子!"又有几个同学走进教室,看到项嘉辰,第一句问候就是这句。

"我已经不是钱漏子啦!我以后再也不花钱了!不!不乱用钱了!"他把椅子塞回桌子下面,跨过其他椅子,走出班级门。

另几个同学看看他,把头凑在一起,捂着嘴笑了笑,还不知道刚才发生了什么。这个清晨的秘密,只有小诸葛和项嘉辰知道。

钱漏子?不再是钱漏子!小诸葛跷起二郎腿,目送走出教室的项嘉辰。我又改变了一个人,他心里想着,做起刚才吴老师留下的卷子。"当——当——当……"附在班级后面墙壁上的声音发哑的老钟响了七下,七点了。太阳早已升到了空中,照亮了每个人的心田……

孝

"项嘉辰，我来了，快开门！"诸葛子誉一边敲着项嘉辰家门，一边冲着楼上的玻璃窗喊道，"快下来开门！哪有请别人来做客不开门的?"

"吵什么吵！"吱的一声，门开了，项嘉辰穿着短裤，搓搓双手，又揉揉双臂，一看，他身上披着一件睡袍，可能是长得快，睡袍已经显得有些短了，"快快快，快进来，冷死我了！"

太阳照在玻璃上，把家中几个角落都照亮了，显得格外温暖。洗衣机还在响，滚筒的声音哗哗哗的，就像是乘坐着一叶扁舟游荡在海上，无情的海浪拍打着船身，格外清脆。窗外，湖边的芦苇耷拉着脑袋，就像是一个在享受着日光浴的中年人，全身酥麻无力，久久不想起身。

"很冷吗?"小诸葛看看自己单薄的衣物,又看看项嘉辰身上披的睡袍,"你穿得比我还严实呀,还会冷?"说着,小诸葛走进门,换上拖鞋漫步在项嘉辰家中。

"够豪华啊,乡下难得有这样的房子呀!"小诸葛把包靠在沙发上,自己坐下欣赏起了项嘉辰家的吊灯来,"这吊灯有几米啊?"米黄色的天花板上,垂下的吊灯晶莹剔透,恍若一盆放在太阳下的清水,荡漾着波纹,但又未曾打破水中的美好,一粒粒假水晶有规律地垂在绳索上,连接成螺旋形,一直往下旋了一米多,以一个特别一些的紫水晶收尾了。灯正中心是一盏节能灯,光透过水晶帘,被分成许多丝,把整个客厅都照亮了。

"你爸妈呢?"小诸葛把头转向项嘉辰,"周末他们要不要上班呀?"

"要的,杀猪还分什么周末不周末。本来他们叫我一个人在家睡懒觉,谁晓得你这么早就来了,不是叫你中午再来玩吗?"项嘉辰关好门,也坐到沙发上来,又马上起身,"等等,我去换一下衣服,穿个大睡袍,成何体统?"

等到小诸葛再一次见到项嘉辰时,他完全变了个样,脸上的疲惫被毛巾抹去,露出肚皮的睡袍也换成了上学时的正装,更有精神了。

"我这么早来是为了再让你完成一件任务,这事不能让别的人知道,如果我晚来的话,那些大嘴巴的人肯定会说出去的。"小诸葛把项嘉辰拉到自己身边,凑着他耳朵说道,像是怕下一秒就会有人破门而入,"上次,你知道自己错了还不够,你得向爸妈认错,发条短信给他们!"小诸葛指了指他口袋里的手机,说道。

"啊?发短信?我打不来字呀!叫我口头说还更好哩!好同桌,能不能宽容一点?星期一请你吃……"项嘉辰说了一半又憋回去了,现在,他已经不是钱漏子了,不能再把钱挂在嘴边了!

"不行,要不你说我打,必须的!"小诸葛一把抢过手机,打开了微信,点击了发送信息的对话框,"快,没什么好商量的,就一句话,有什么难的,没学过语文吗?"

"啊——啊……"项嘉辰向后挪,仿佛是一个极度嫌弃小诸葛的人,"不行不行,这种肉麻的事我可做不出来,要发你自己发,以你的名义!写上你的名字!"项嘉辰又往后挪了一步,但却把头使劲向前伸,仿佛一只鸭子,被一只无形的手拎了起来,显得脖子格外长,也像是在争抢食盆里的食物,所以特别显眼。

整个客厅的气氛有些诡异,一只长脖子鸭子,一只虎视眈眈的狮子,仿佛要干架似的。米黄色的墙纸愈发显得暗淡,节能灯的光越来越弱,灯泡像严监生一样吝啬,吝啬于光线。吊灯也有了轻微的晃动,仿佛想为自己成天挂在天花板上的无聊生活找点乐子,于是摇下了几星几点的灰尘……一切都变得更安静,原先只有一人的家里仿佛只剩下微生物了,只剩下滚筒洗衣机吵闹的嘈杂。

"好!好你个项嘉辰,亏我教育你一个早上!还是一点孝心都没有!我一定要好好和你爸爸妈妈谈一谈!"小诸葛威胁着项嘉辰,一边又搬出了项嘉辰的父母,在小诸葛心中,他的爸妈一直都只有一个形象——手握杀猪刀的可怕屠夫。

"哼!我爸妈又不会把我怎样?"项嘉辰抬起自己的"盾牌",挡回了诸葛子誉的"进攻"。

"大吴老师最忌讳的就是没孝心!我跟他说说,一定会'成功'的!"小诸葛见爸妈没威胁力,又搬出了最有权威的大吴老师。这下项嘉辰该屈服了吧!小诸葛想。

"切,顶多一顿骂!"项嘉辰的脸皮也不知什么时候厚成这副德行,"哎,哎,随你吧,要写你写,以我的名义好了,反正也无所谓。"

他终于答应了。

"妈妈的唠叨,总是听的时候厌烦,想的时候感动;爸爸的叮嘱,总是看起来随意,想起来有意。爸爸,还记得那天早上,我误会了你的用意,于是发了火,不知有没有让你伤心。今天,我道个歉,答谢养育之恩,答谢你的宽容……"小诸葛在手机上熟练地打上这么几行字,也没给项嘉辰看,直接发了出去。

项嘉辰也没说要看,只是静静地等待着,等待着父亲的回复。手机上,没有响应,也许是爸爸太忙了,生意太好了。项嘉辰这么想……

小诸葛关上手机,还给了项嘉辰。"任务完成!记住,欠我一个人情,将来还。今天这封信,是你项嘉辰打的,是你的一片孝心,知道吗,爸妈问起来就这么说!"小诸葛把身子向后倚靠,躺在了柔软的沙发垫上,"啊——啊——"他发出一阵舒心的"叫声"。

夜里,所有人都走了,项嘉辰的父母也回来了,他们还是没发现那条小小的短信,但他们一定不能忘了这份大大的亲情。

"爸,你看一下短信,应该有许多的未读信件了吧!"项嘉辰披着大睡袍,又跑到父母床上。

"呦!儿子,你什么时候这么有文采了?"项老爸把手机往桌子上一放，一把抱住了项嘉辰，"越来越能干了，好儿子！"

"哈哈，呵呵……"项嘉辰的嘴里发出一阵笑声，不知是不是在不由自主地感谢小诸葛，感谢他又救赎了他的一个错误。

谢谢你，我亲爱的同桌！

学 会 认 可

"好！我们第三节课连着中午六十分钟考一张试卷！作文也要写！考试时间一百二十分钟！绰绰有余的啊！记住,做完再检查一遍!"小吴老师把她最新款的手提包放在讲台上,又把口袋里的手机放进包包里,摊开试卷,这就算考试正式开始了,"作文写具体点哈！这次扣分我就按照升学考试的标准来哈,不手下留情了嘞！没好分数给爸妈看是你们自己的事!"

"哎哟喂！上节课刚考完数学,又来考语文啦！我的天——天!"讲台下,几个成绩较差的学生哀号着,另外几个成绩较好的同学,当然是跃跃欲试啦!

教室后头的钟嘀嘀嗒嗒地走着,秒针飞快地跑着,分针缓慢地走着,时针像是一位被枪击中了的战地记者,艰难地爬着,好像每一步,都拖着血腥和伤感,它就像是那些差生,艰难地爬,想用自己微不足道的速度赶上正在一圈又一圈地飞奔着的优秀生,那些优秀生几次从差生眼前飞奔而过,投去同情的眼光,但留下的只有差生的伤心与悲痛。

总有一天他们会开始一一质疑自己,怀疑自己的能力,怀疑自己是否有价值存在于这个世界上,怀疑自己在时拥有很多,金钱,时间……当走时又能带走什么,或许只有亲人们的念想……

枝头的树叶一片一片落下了,只剩几片茎壮的叶子,依旧能立在树梢。就如人,唯有好成绩才能立足?……只顾着成绩,这思想不好,但又很现实……为此,人们只能在追求现实中度过大好时光。美好的一切,都将被否定。

想着想着,下课铃响了,四十分钟过去了,而小诸葛只做了两题,他并不为此而伤心:哎——哎,做题目吧!现实些!

太阳就像是用智能手机拍下来的照片似的,可以放大缩小,转眼间,只剩下乒乓球大小了,也像是被一个旋切机切过的大饼,露出金黄的馅——时间到了,中午的下课铃也响了。时间过得那么快,上午第三节课的下课铃依旧徘徊在耳畔,散不开,驱不走。

"好,每一小组的第一位同学把试卷收上来,正面朝上,好了,可以停笔了!"小吴老师把身后的椅子向后顶,自己站了起来,用双手拍拍自己的脊骨处,又向上伸懒腰,就像一个想从冬天的被窝里爬出来的人似的,艰难,煎熬。

没有分数的一天,就是美好的一天。上午,考了试,下午,就能拥有好心情了,因为一张试卷,再牛的老师也得花个一天来批,所以下午自然没啥可以担心的了!

有了好心情,有了充裕的时间,有了下午好玩的各种课程,也有了放学时知晓分数时心情巨大的落差:

"李陈浩,八十五……"

"啊?李陈浩才八十几,我会怎么样呀?"

"哎——哎,都有发挥不好的时候呀! 想不到李陈浩也堕落了……"

"哎哟喂,我的天! 祈祷我能有个好分数!"

…………

"都给我闭嘴! 这次语文这么差! 数学又这么差,还好意思在这里讲话!"小吴老师读着分数时,总有一两个声音要打断她,听上一届学生说,这是她最无法容忍的。

"李陈浩,八十五;诸葛子誉,七十九;项嘉辰,六十。

声明一下,没有及格的,我打分时也打了六十分,项嘉辰你好像是四十三分吧！方卢钰,六十……"

小诸葛综合了一下其他人的分数,心中默念:哎,我考得还可以嘛！还行还行,勉勉强强,哈哈！反正考不好也有姜子昱给我垫底,放心好了！坐等放学好了！哈哈哈哈！

窗外,什么都没有,小贩停止了吆喝,汽车停止了急促的鸣笛声,扫地的大叔也不再挥动自己破旧的扫把,静静地靠在路旁的树上,仿佛正在读的不是小诸葛班里同学的成绩,而是国家新制定的一套法律,需要仔细、认真地听。

"姜子昱,九十！今天他是我们班考得最好的！希望大家多向他学习!"小吴老师报分数报到一半,停下,特地郑重地为大家又树立了一个榜样。

"什么？姜子昱九十？比李陈浩还高？怎么可能？他原先是一个比我还差的学生呀！怎么可能一下就蹿到李陈浩头上去了？哎——哎,本来我还指望着他能为我垫垫底呢,看来今天回家一顿骂是少不了的了,竟然考得比姜子昱还差,可恶!"小诸葛在心中默默想道,一边又看向姜子昱,心里又伤心,又高兴:伤心自己没考好,但又为李陈浩也比姜子昱差而高兴。哎——哎,我自己也要努力呀！总不能让自己一天到晚都活在别人身后吧！我要让同学们也为我投来赞许的目光！我要超越那些曾经在我面前耀武扬威的人！我要成为新的"王者"！

小诸葛在心中坚定了决心，明确了目标，又看向姜子昱：从前的我，真的做错了很多事，同样，也想错了很多事。今天，我要扭转我错误的思想，哎，学会认可！每个人都不比我弱，但也都不比我强！学生真的由分数摆布，但分数也由我们摆布，只要下了功夫，分数是你的手下，成绩的到来，只是迟与早的问题！

上天造人是不公平的，有的造得精致，有的又很粗糙，我不知道我算精致还是粗糙，但我相信，我能将自己打磨成一面明镜，闪耀我自己独有的光彩，绽放出我应当拥有的价值！学会认可，对！学会认可！认可我的对手，用仰视的目光去看他们，去欣赏他们，去吸取他们的长处，帮助他们改掉陋习，这是孔子说的"三人行，必有我师焉；择其善者而从之，其不善者而改之"。

小诸葛手里攥着那张七十九分的试卷，脸上挂着一丝沉闷，那不是因为没考好，恰恰相反，他为自己这次找到了一些人生的真理而高兴——虽然自己也不知道这些真理能在心里停留多久。

期　盼

　　"好！安静一下！我发个回执啊！想去的就叫爸爸妈妈签个名！"大吴老师抱着以往那个破旧的水杯说道。茶杯多了几丝光泽，不知是不是前几天擦过了。

　　"干什么都不知道，好不容易等到个暑假，本打算让他们多做几本奥数的，下个学期就要升学考了呀！这下可好了！这个破东西一来，想想他们都没心思去做了！"大吴老师手里捏着一沓红色的纸，第一张已经起了"皱纹"，不知是不是被大吴老师捏出来的。过了一会儿，他不知为何又收回了怒气，一定是因为这是学校给他的任务吧！

　　"哎！江南水乡一周游，目的地……天池村（荷花节）？哎，这不是我老家吗？那里又不是很好玩！菜还辣，什么油拌辣子夹馍馍，看着像红色的'辣妹子'面包，其实是一道毫无趣味可言的农家菜肴,还有什么让村民引以为傲的自制腊肉,又黑又白,还带着烟熏的呛人的味道,虽说吃起来口感还不错,但是得闭着眼!看吧,我比他们了解多了!"小诸葛自言自语着,一把将纸扔进了书包里,详细地"解说"起回执上写的"乡村风情"。

"就是几坨鸡大便,就能称得上是乡村风情了?那龙游还能成迪拜那样的富豪大都市了呢!"天池村仿佛早已不是小诸葛的老家,他一个劲地损起彩色照片上的天池村,"肯定是假的!天池村的荷花哪一年有这么好看?要不就是我还没出生时!不过那是不可能的!"

"哎哟——小诸葛,看起来你很懂的样子呀!"与他同桌的项嘉辰也放下宣传单,松开纠结的眉头,把头探了过来,"是你老家?那你更要去了!为我们领领路呗,这样你友好的同学们也不用花钱去请导游了呀!放心,你去了的话,旅游钱我包了!"项嘉辰拍拍胸脯,干咳了一声,又从兜里掏出了几百块钱,在小诸葛面前挥了挥,装作一副大款的样子,"怎么样?"

"切——切,我的老家,我回去还要钱不成,不用大款破费!再说了,暑假我肯定得回老家玩,和我姐姐。"小诸葛把手伸到项嘉辰手下,慢慢把那只握着几百块的"玉手"

推向旁边，"谢谢关心！钱漏子，看来你还是没能改掉呀！我是不是应该跟你爸爸妈妈说一下呢？"

"不用不用！谢谢，呵呵，我不请你了，不请你了。"说着，他默默地把百元大钞塞回了口袋里，心中却不"痛快"了：哼！我好心请你，你还反咬我一口，不识好人心！

窗外，太阳还在半山腰，但却已经九点了，正是早操过后时间巨长的课间活动，没有一个人坐得住，全都立起身来，三五成群，商讨着自己的"国家机密"。

电风扇转得更快了，仿佛是每个扇叶都想追上对方，却永远也追不上，只得跑得越来越快。风扇下，是享受着微风的凉爽的李陈浩，他就像一只树懒，挂在树上享受着日光浴，周围的所有人都是树枝上的毛毛虫，对他没有任何影响。连那些平时总是欺负他的女生也变得默默无闻，仿佛所有人只想享受此时此刻的安静与舒适。

"老李！你要不要去的哇？"小诸葛走到李陈浩面前，双手支在老旧的木头桌子上，发出吱咯吱咯的声音。

"你要不要去哇？你去我就去！"李陈浩折好了回执，打算回家给老爸签字。其实就算诸葛子誉不去，他照样会去，看了这些图片，他的心也有些蠢蠢欲动，说实在些，就是想尝尝新鲜罢了。

"我当然要去啦！这是我老家呀！暑假来了，我哪有不去的理由呀！再说了，我老家也蛮好玩的，有人陪我玩，多好，我在那里的'小弟'数不胜数，只要一声令下，小猫小狗都要跑来膜拜我！"小诸葛说着，左脚踏上了李陈浩的椅子，把脸凑到李陈浩面前，做着一个又一个怪怪的表情。

李陈浩的身子往后倾，头又使劲地往上抬，他狰狞的脸上挂满了汗珠，原本自然的双下巴被挤成了三下巴，一层一层的肥肉，仿佛婴儿游泳时的围脖游泳圈，又厚又宽，还是实心的："走开！我……我我，我不行了！"说着，他瘫倒在同桌的椅子上，就像被放倒的啤酒瓶，圆滚滚的身躯，起也起不来，"走开，让……让我起来！"

小诸葛把双手递给李陈浩，扶了他一把。

"你也要去的啊？那我们一起去吧！对了，听说徐嘉宇的外婆家也在天池村里面，好像离你家不远！到时候，我们把他也叫上！怎么样?"李陈浩兴致大发，心中只想着玩了，妈妈一天到晚叮嘱着的作业竟被遗忘得像从没有过似的，"怎么样? 大神?"

"好呀，徐嘉宇也叫我去，也说让我陪他玩，到时候咱们三个一起去玩，去别人家蹭 wifi，去大玩特玩，把上学期间没有玩到的东西玩个遍，呵呵……呵，啊，我真是太邪恶啦！不过我们还真是英雄所见略同呀！"小诸葛把事情想得太简单了，就算大吴老师布置的作业少之又少，他爸爸也不会让他好过的。但光是让大吴老师少布置作业这一点，就已经成为不可能了。果然还是小孩，眼睛看得还不是很远，心机还只有浅浅一层，顶多看穿小孩之间耍人的把戏，想用这种目光判断自己的将来，还是欠缺了些什么。

"好！就这么定了！到时候一定要来啊！今天回去跟各自的爸爸妈妈好好沟通沟通吧，为了将来的美好，击个掌吧！"李陈浩第一个伸出了手，再是小诸葛，最后是徐嘉宇，"3，2，1，Hooray！"他们一起喊道，"为了暑假！努力一把！"

又上课了，三五成群的同学终于散开了，走进班门的大吴老师的脸上依旧挂着满脸的不情愿，就像是一个还有起床气的小婴儿从睡梦中被叫醒，急着哭呢！

虽说已经上课了，可是小诸葛的心依旧如往常一样游离着，一会儿飘到操场上，一会儿又飞到烤面包店里……只有一个躯壳还坐在安静的教室里。其实，他心里正想着去年的经历，去年还没留级时与三个女生在姑姑家的经历：要不要告诉李陈浩他们呢？

下午的最后一节课结束了，正是星期五，没有四点钟学校,大吴老师把袖子往上拉了一点,把眼睛眯得尽量小,看了看手表:"放学啦,回家把我布置的家庭作业做好啊,尤其是你,诸葛子誉! 下个星期我要特别检查你的作业!"说着,走出了教室。

小诸葛在心中"切"了一声,默默想:讨好老爸才是最重要的,为了博取尽快下乡的机会……

可小诸葛没想到的事情,数不胜数!

自 食 其 力

"最最最最亲爱的老爸!"小诸葛刚回到家,跑过沙发边,顺手放下了手中的书包,径直向爸爸奔去。

本以为老爸会投来赞许的目光,可恰恰相反,老爸把头从报纸堆中拔出来,放下厚厚一沓报纸,投去匪夷所思的目光:这个儿子今天是不是傻掉了? 怎么一回家就叫我亲爱的老爸? 今天真够奇怪的! 是不是就剩下我一个正常人了啊?

"干什么啊,亲爱的儿子?"老爸把手中的报纸向桌子上一扔,又向儿子敞开了怀抱,"来,爸爸抱一下,好久没抱到了!"

小诸葛急忙闪开,躲开了两只邪恶的大手:"没什么,只是有个请求,学校有个活动,也不能说是学校活动,反正就是个活动，好像目的地是外婆家，所以我想一放暑假就到外婆家去，我都和同学说好了，他们也要去。哎——哎，我还真幸运呀，我去不用付钱，真好！可悲的他们又要有一笔'巨额支出'了。"小诸葛为自己是天池村人而感到有些自豪，又有些兴奋。

"这个啊！他们的老爸老妈早就和我聊过了，我们打算让你们自己去，就当是一场旅行，你也不能以同村人的身份去，你要在这短短的几天里赚到足够的钱，自己去报名，另外几个孩子也是如此，相信他们的父母已经和他们说了。"老爸又拿起一旁的报纸，埋头读起报来，沉浸在自己的世界中"无法自拔"。

什么？自己赚钱？这是在开玩笑吗？哪家店敢雇我们呀？有未成年人保护法的呀，指不定这么寥寥数日，连一个合适的雇主都找不到呢？我的老天呀！

小诸葛听了老爸的一番话，像是苦胆被刺破了似的，全身上下都弥漫着又苦又酸的感觉，好像身体被掏空了。此时，他正想着明天如何向李陈浩等人推辞了，仿佛今天的信誓旦旦都变成了梦，那只是在梦里说过的梦话罢了，去个外婆家仿佛都变成了遥不可及的梦想，追逐着，奔跑着，但始终无法成功——真像是电风扇的第一个扇叶想赶上第二个扇叶一样,绝对不可能!

"不!或许我真的已经能自食其力了!或许我真的该学学自己飞翔了,我真应该松开父母的手,自己学会'跑'……"小诸葛坐在沙发上,两只手摆弄着衣角,在心中默默想。

茶几上,昨夜的茶还没倒掉,已经冰凉,变得很黄,就像某种昆虫短暂的一生一样,或许自己今天会长大,或许明天会死去……

茶杯里,还漂着几片早已泛了黄的茶叶,还有一些碎渣,悬挂在杯壁上的淡绿色水珠本应晶莹剔透,却被残渣闯了进去,没有一颗是纯净的,全都像斑点狗似的,黑黑的斑点就像是群岛,散布在贫瘠、干枯的白色海面上,仿佛所剩无几的水分也要被吸干了。电视机的电源还没关,红色的信号接收灯泛着暗淡的光,不如往常一样有精神了,好像一个病人得知自己活不久了,心中极度悲伤,从此一天到晚都萎靡不振了一样。

"嘀嘀嘀",电脑发出清脆的响声,然后又是几声干咳,再是有序的三下敲门声——小诸葛坐在电脑前,正和徐嘉宇、李陈浩聊着天。一个小小的群里,只有他们三个,小诸葛是这个群里面最活跃的,可事到如今,小诸葛也不再活跃了,别人提一个问题,他也毫无回答的兴致。他有些担心自己第一次外出干活,能做好吗?自己还能否去外婆家?

这也是另外几个孩子所担心的:老爸叫我自己赚钱,我能赚到钱吗?赚不到钱暑假里还有得玩不哇?哎……

"嘀嘀……"电脑又响了,小诸葛被这清脆的响声拉回了现实世界,他把目光缓缓地往上移,移到了抖动的窗口上,上面写着几行深蓝色的醒目的大字:哎——哎,我老爸叫我自己赚钱,想办法凑齐报名费。他叫我自食其力,我很是担心,自己能不能在这么几天里弄到这么多钱呀!

小诸葛一看,原本对老爸的言语半信半疑的心立刻就放了下来:原来他们真的和我一样呀!看来老爸真的没骗我,哎,我更应该自食其力了呀!想想这主意都是我老爸提出来的,没人会提出这么"有挑战性"的"考题"。既然我爸是主谋,我就要认真来完成这个"任务"!

"嘀嘀嘀!"窗口又抖动了一下,像是一个身着一件衬衫,但却站在厚厚冰层上的小孩,全身都颤动着,还不时淘气地发出"咯咯咯"的声音。

窄小的屏幕上又出现几行大字,字体变得更大,仿佛每一个字都是被愤怒给胀大的。徐嘉宇写的是:"老诸葛,你有什么计划,我妈说你爸也告诉你了,是吧?"

　　小诸葛看看不停抖动着的窗口，仿佛是一个傀儡，承载着满心的愤怒，不堪重负，不停地抖动着，好像下一秒就要解体了。

　　"计划？明天再讨论，具体还没想好，总之，踏踏实实，总能攒足钱的！拜拜，睡了！"小诸葛打上这么一行字，按下回车键，也没等什么回复，关掉QQ，合上笔记本，睡觉了。

　　夜里，小诸葛久久不能入睡，以往上床五秒就睡着的他，真想不到会因为焦虑而无法入睡，是担心自己的暑假，还是担心朋友们的心情，还是另有原因，只有小诸葛清楚……

出师不利

"老诸葛,到底什么计划啊,你昨天在QQ上说的?"徐嘉宇背着书包,站在刚走进校门的小诸葛面前,想快些知道小诸葛口中神秘的计划是什么,"我老妈也说要通过自己的努力来赢得去老家的机会,哎——哎,现在的大人,真是越来越没有人性了,想去老家玩一下都不可以! 坏蛋!"

"哎——哎,没办法,这是我老爸提出的,我更要遵守呀! 他们都是怎么想到的呀? 真'神奇'。"其实小诸葛自己心中根本没有主意,反倒想问问"大智若愚"的李陈浩呢,"计划我也不知道,想了一个晚上,什么都没想出来,再想想只能去'打工',要么发传单,要么去餐馆里洗碟子……总之好好干就行了,我想他们到时候都会让我们去的,没事。"

"切——切,我还说你有什么高深莫测的计划,原来也和我一样。"徐嘉宇用自己"所剩无几"的智商嘲笑起小诸葛的智商,"到底怎么办啦?谁能快给"朕"想个主意出来,重重有赏!"徐嘉宇把书包往书桌上一扔,踢开同桌缪言的椅子,一只脚跺着,另一只脚稳稳地踩在地上,保持平衡。

"没办法,赚钱这事,还是得脚踏实地,总不能去做传销,去偷去抢吧?再说了,抢钱?我们这些小孩子抢得到多少钱呀?这事依我看还是老实些好,我爸爸认识一些社会上的奇人异士,明天我们去发传单。虽然赚不到什么钱,但聊胜于无呀,日积月累,总能攒够的。"李陈浩默默地站在一边,听着徐嘉宇这个大公子抱怨着,看着他生气地跺着脚,一边摇头,一边又奉上早已被否定了几十次的计划。

"别烦!我说的是妙计!简洁地说就是耍小聪明之类的'妙计'!"果然,徐嘉宇经不起任何的风吹日晒,就像是受尽人们呵护的仙人球再次被种回沙漠,根本活不了几个星期。

"这种计谋我倒是没有,你若一定要这样的话,我也不强求,没得玩是你的事,反正我和小诸葛已经说好了,就这么脚踏实地地攒钱,总能攒够,像你一样急于求成,放弃吧!"李陈浩也越来越看不惯徐嘉宇,本以为他也肯脚踏实地攒钱,没想到他是这么一个急功近利的人,哎——哎,徐嘉宇呀！李陈浩在心中默默叹气，一边摇着头，一边回到自己的位子上去。

"老李！我也要去，总感觉我太亏欠你们了，还是去吧，把我自己的那份赚回来！"徐嘉宇急忙冲上前去，挽住李陈浩的手，"连我一份，三份传单！"李陈浩什么都没说，只是点点头，笑了一下，不知是他看见了徐嘉宇的成长，还是另有原因。

放学了，夕阳仿佛一块不完整的金币，虽说花纹清晰，可只剩下半块还屹立在西边的山头上，散发着诱人的金光，仿佛这一切都不是真的。这美好的一切好像都是水中的倒影，一捣，这些美好的幻象就会像玻璃遇上了子弹似的碎成渣渣。

"走！去找雇主！去找工作！我先打个电话跟我们的爸爸妈妈说一下。"小诸葛掏出手机，熟练地在光滑的手机屏幕上划来划去，找到了！

"欢迎您光临龙游县上圩头小学，这里是……喂，儿子，干什么呀？"手机另一头传出的声音透过扬声器，传到三个人的耳中。

"你老爸的声音真好玩，就像是一只会说人话的猴子，呵呵。"徐嘉宇退后两步，说道。想想都是因为怕小诸葛听

出师不利

见不顺耳的东西,突然起身来打他。

很显然,小诸葛并没有那个心情:"老爸,我们有计划了,我们打算放学去发传单赚钱,所以晚些回家吃饭,帮我向李陈浩还有徐嘉宇的爸妈说一下,拜拜。"

"好的。"嘀嘀嘀,电话挂断了,小诸葛的心中却不知为何,变得尤为轻松,"走!"

夕阳已经只剩下"发梢"了,只有几丝舍不得离开这个美丽而平凡的世界。又像遇上海难的水手,抱着浮木不肯松手,但终究被浪头所吞没——太阳下山了。月亮已经有了轮廓,星星好奇又兴奋地眨着眼,惊奇着自己为何又会来到这个世界,为什么又要承担起为夜空装点的责任。

"阿姨,有没有什么事情是我们能做的? 我们想找份临时工作赚钱。"李陈浩对着一名中年但又不显得衰老的妇女请求道,可见这次用尽了自己的"脸面"——他前面对老师、同学时,可从没有如此"平和"地说过话。

"啊? 赚钱? 谢谢,不用了,我们这里的工人够多了,再见,小朋友,祝你们赚到钱。"那名阿姨向我们含蓄地挥挥手,幅度小到快要成了抖动,几乎察觉不到。

小伙伴们并不因为初次没有成功而放弃,他们依旧笑着,蹦跶在路上:"李陈浩你太颓废了! 这么个活都没干好! 哈哈哈哈……"

"走开,有种你去试试看! 这一问,算是问得我脸皮都掉光了! 下一个,小诸葛,你去!"李陈浩戴起帽子,希望能掩住脸。

他们一个劲地说李陈浩表达方式有问题,太书面化了,其实,是纯真的童心欺骗了他们——现在还有谁敢雇童工呀! 犯法的事情,还是不干为好,保险起见,还是做一个平平凡凡的人,踏踏实实干事好! 相信每个店家都是这么想的。

"前面有一家店,小诸葛,你去试试!"徐嘉宇总是把别人往前推,自己安安稳稳地躲在他们身后就好,但又总有一个理由能让自己变成功劳最大的人。

"老板,你这里还缺员工吗? 我们想找一份临时工作。"小诸葛前面说李陈浩太书面化,到头来自己还不是一模一样。

"啊,我们不缺员工呀,小朋友再见!"老板摸了摸自己垂在下巴上的胡子,挽起自己厨师装的袖子,有力地朝他们挥挥手,不知是想他们快点走的催促,还是真的是让他们慢走。

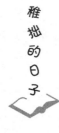

忽然,餐馆里走出了一个女人,她跺跺脚,又看看还没走远的小伙伴,推了推那个男人:"你说这些小孩的爸妈是怎么想的,现在还有谁雇童工? 这可是犯法的呀!"

那个老板应道:"对呀! 想想他们都不可能会成功,不过还是祝他们好运。"

············

"我们回家吧,不用试了,不可能成功的,你没听那个老板娘刚才说的话吗? 不能雇童工的呀,这是犯法的,这事不成了,我们回家,明天放学再另想办法吧,再见。"说着,李陈浩就脱离了三个人的队伍。

小诸葛和徐嘉宇还没反应过来是怎么一回事呢,他们看着李陈浩,想着什么,他们从没看过李陈浩这么伤心,这么垂头丧气过,想必是因为第一次接触了社会上的人情世故吧! 成长,本身就充满了喜剧和悲剧……

路上的路灯已经亮了,像是一颗颗落进凡间的星星,被电工高高挂在灯柱上,照亮了每个人的心。回家的路上,只剩下小诸葛和徐嘉宇,他俩走在路上,无话可说。小诸葛数着路旁的路灯,数着数着,忘了时间,忘了数字,脑海中只剩下一个问题:我们能成功吗?

成 功 了

"走！我们再去找工作！我是不会放弃的！"小诸葛走出家门，和李陈浩勾肩搭背，又向老爸老妈挥挥手，背着自己平时上补习班时用的书包，带上一份自我介绍，在皎洁的月光下离家远去。

"小李子，我们今天去哪里？要不先去找徐嘉宇再说？"小诸葛松开自己的手，把自己的手臂从李陈浩的背上挪了下来，"怎么样？"

"啊？好吧，先去找徐嘉宇吧！其实说实话，我也不知道今天去哪里好呀，自从听了那个老板娘说的话之后，哎——哎，我都有些想放弃了。"李陈浩停下了脚步，坐在路边的一块大石头上，又把小诸葛拉过来，"不知上次那个老板娘的话你听见没，哎——这社会，还真是难呀！"

　　"没事！只要努力，相信我们肯定能找到事情干的，相信未来的暑假，我们也能好好地玩，别丧气，别破坏良好气氛了！"小诸葛把他从石头上拉起来，推着他往前走，走出了小区，走过一条大马路后，对面的就是砖头厂。小诸葛看看那儿，只有发动机的轰鸣和满天的尘土。"去那里工作准会生病，不过……要不要去试一试？"李陈浩推推左顾右盼的小诸葛，又指指对面的砖头厂。

　　"当然要试试呀，没看见那儿正在招工人呀；虽说我对那儿也挺担心的。"小诸葛的语言里，丝毫没有对砖头厂的担忧，全都是期盼与渴望，仿佛那就是救星，能拯救两个月的美好生活，"走！"

　　月亮，残缺了一点点，仿佛是一个挑食的孩子，吃了一口，嫌难吃，又扔回天上去，故，只剩下半个。但月光依旧皎洁，仿佛是神仙手中的宝瓶里的圣水，洒满人间，让枝丫开出花朵，不再单调，让人间充满善良，不再阴暗。

　　"老板，你这儿是不是缺员工？"小诸葛把李陈浩往身后推了一把，独自站在老板面前。

　　小诸葛把小小的，因为漫天尘土而睁不开的眼睛缓缓地向上睁开，看清楚了老板。不过这老板一看就不是什么和善的人：粗壮的双脚犹如千斤顶似的立在地上，仿佛天生和地面是一体的；一双破旧的鞋，品牌标志被一块块砖头碎片划得残破不堪，好像是一个经受着酷刑的犯人，满身是伤疤。再向上看，便是那毫无规律，互相交叉的胡子，虽说短，但仿佛已经被打上了成千上万的结，似乎一散开来，比仙人及膝的胡子还长；脸上，更是"干净"得不得了，像是被人一头摁进了墨水里——脸是黑的，耳朵是黑的，鼻子是黑的，整个人都像是被裹到劣质的黑色墙纸里过，染得一身黑，无论如何也无法洗去。

"对呀，我们这里是缺员工，怎么？你们爸妈想来这里工作吗?"胡子大叔俯下身子，问道。

"啊，不是，是我们想来这里工作。"小诸葛扯开自己的喉咙，对着大叔的耳朵尽力喊道。

"什么？我听不清楚。"大叔又把身子俯下来一些，此时，他的姿势已经像是仆人在给主人鞠躬了，不，就是鞠躬！发动机的声音一直没停过，不知是机器太吵，还是搬运砖头的货车太老旧了，正在以轰鸣的方式呻吟着，想让主人为自己保养保养，总之，这里就像是个毫无乐调可言的音乐会现场，吵得人身心俱裂呀……

"我说，我们两个，还有另外一个人，想来这里，上——班。"小诸葛把头凑向大叔耳边，看见满耳朵耳屎，又犹豫地缩了回来。

"小朋友,这可不行,你爸爸妈妈知道吗? 倘若知道也不行呀,这个活很危险的呀!"大叔放下手中的砖,解下安全帽,拉了拉衣领,拍去肩膀上的尘土,干咳一声对小诸葛说道。

"没关系的啦,是我们爸妈叫我们来搬砖头的,他们说是一边尝试着像大人一样工作,一边好锻炼锻炼身体。求您了,老板,就让我们来这里工作吧!"小诸葛使劲瞪大眼睛,又把李陈浩拉上前来,使劲捏了一下他的肥肉,示意他装得可怜一点。

"这个……好吧好吧,那你们就明天来,这里的工作可是很辛苦的,小朋友,你们要做好准备,再见。"说着,大叔头也不回,拎起身边的几块砖,系好头盔,又消失在能见度接近零的尘土之中。

"Hooray! 有工作了!"两个人一边跑出工厂,一边击掌,一边大声庆祝着。暑假,有去处了。相信两个人都这么想,只有宅在家里的徐嘉宇不知道,他的两个兄弟为他物色了一份"好工作",虽说并没有像坐在单人办公室中的白领那样舒服,没有温咖啡,没有靠垫,没有空调,只有漫天尘土,但是,这已经很好了。今天,短短的一个夜晚,成了永恒的记忆,仿佛是一层油,倒在了清水之上,那样明显,那样深刻,那样令人激动……

"老爸! 我回来了! 我和李陈浩找到工作了!"小诸葛把背包往茶几上一扔,也不管扔没扔中,径直向餐厅走去,"啊——啊,我快饿死了,我快闷死了! 砖头厂的环境真是差劲呀! 那个能见度,天呀!"小诸葛说着,又看向餐桌另一头还沉浸在听书中的老爸,也不管他听不听,"炫耀"起今天自己的"辉煌"。

"老爸! 你有没有在听?"小诸葛走到老爸面前,像是在争抢什么似的,以自己最快的速度摘下了他的耳机,"老爸,你听见没有啊?"

"好好好,干得好,真不错,祝贺祝贺,好了,耳机还给我。"老爸接过耳机,塞进耳朵里,又听起了书。

小诸葛回到自己的房间,心中有些失落,但又很是兴奋——明天就要工作了! 他相信,这个周末一定会变得更为充实! 就算这是尝新鲜,就算这会有危险,也是一次新的尝试,也是一次新的涉足,踏进自己未知的领域,探索更多长大后总要经历的东西吧!

也不知是谁,在小诸葛心中这般鼓励他,想必他的名字叫"自信"吧!

什么叫团队

"喂,是不是李陈浩,走!我们一起去干活!"小诸葛一边换着衣服,一边朝着开着扩音器的手机喊去,"别告诉我你还没起床!"

"嗯,对,我确实没起床,好不容易一个周末,睡个懒觉吧!要不你先叫徐嘉宇?反正我再睡十分钟起来,拜拜……"电话那头挂断了,小诸葛声音开到满格的手机立刻发出了一阵又奇怪又有些浑浊的声音。

"哎——哎,还是先叫徐嘉宇吧,懒病骨头,徐嘉宇,徐嘉宇,徐嘉宇!"小诸葛打开通信录,翻找着数不胜数的不认识的电话号码,"啊哈!找到了!喂,徐嘉宇,起床了吗?我和李陈浩昨天找到工作了,虽说有些寒酸,但聊胜于无。"

"啊？不不不,什么啊？街头卖艺？要饭？……"显然,徐嘉宇对这份工作很感兴趣,使劲地猜,"不是说什么未成年人找不到工作的吗？"

"并不是你想的那样的,我们找到的工作是,超级无敌的,宇宙级的……等你到我家门前了再告诉你,顺便把李陈浩叫来,我叫不起他,还说什么再睡十分钟,想想都是一个小时……"小诸葛把手机从耳边放下,按下了那个红红的按钮,嘀的一声,通话结束了。电话那一头传来的"别烦啦,你不够义气"之类的话,霎时间被嘀嘀声所遮盖,仿佛是一场巡回演唱会被一个观众的一声尖叫打断了似的,随之而来的是徐嘉宇这个观众的抱怨声。

半小时后。

"老诸葛!来开门!"徐嘉宇已经到了小诸葛家门前,敲着古老得快要生锈的钢门。

门开了,眼前是上半身穿着背心,下半身却穿着睡裤的小诸葛,就像是上半身在酷热的夏天,下半身已经到了严寒的冬天。"等等我,我先换一下衣服,再等等吧。"小诸葛从鞋柜里翻出两双拖鞋,示意李陈浩和徐嘉宇穿上,在屋里等。

他们坐在真皮的沙发上,看着屏幕超大的液晶电视机,电视机旁还挂着水珠的花,散发着的清香已经飘满了整个客厅。庞大的吊灯好像一个不知疲倦的空中飞人,吊在刻满了精致纹样的天花板上。墙上的墙纸没有半点不妥当,既和房间的构造十分相符,又能很好地搭配窗外的环境,贴纸衔接得也十分到位。

啊!这一切和小诸葛口中的家,完全不一样呀!两人心中都这么想。

"哈哈!新一代的小诸葛又回来了,不,又重出江湖了!"小诸葛从不高的楼梯上,四阶一跳,跳到了楼下,"走!出发!祈祷有个好的开始吧!"

还是清晨,街上几乎没有行人,马路上,车子的速度也没有那么快了,仿佛整个世界都因为双休日而安静了下来。只有砖头厂,依旧粉尘满天飞,仿佛每一粒粉尘都是活动范围被框定在了砖头厂上空的小鸟。

"老板,我们来了,这个是我昨天说的朋友。"小诸葛指指徐嘉宇,又冲着老板笑了笑,"我们在哪里干活?"

"小王,你过来一下,以后这几个孩子就归你管了,快!带他们去干活,对了,工资按天给,好,去干活吧。"老板叫来一个又瘦又高,脸上有一条伤疤的年轻叔叔。他的脸不知是不是被机器划伤的呢?不过,这副身板,想必一定是长年的劳累铸就的吧……哎,辛苦和甘甜,这份工作中会得到什么呢?

"老诸葛? 这就是你所说的'我一定会喜欢'的工作? 我一点也不喜欢,这么伤身的工作,哎——哎,亏你想得到。"徐嘉宇两根手指头抠进砖头的洞里,另一只手又摸到了一块,想要同时拎起来,却没有这个能力,"这么沉,我真没想到,啊——啊,这什么工作呀! 一天五十块钱有没有呀! 我的天呀!"徐嘉宇放下手中的两块砖,双手都放在了那块比较小的砖头上,尝试着搬起来。

"哎,当初我也不想,但是,聊胜于无,将就将就吧,谁让我们还是未成年人,难找工作呢。想不干也没关系,自己去找工作,我和李陈浩跑了一个晚上找来的工作,就换来你这么一句话呀?"小诸葛涨红了的脸,在红色的粉尘中,显得再平常不过,好像只是脸色变得更红润了些。

小诸葛勉强地搬着两块砖,艰难地挪一分钟的步,到一处离他们只有十几米远的地方,放上大卡车,这才算一次来回完成。虽说苦,但有人陪伴。三人虽说相隔只有几米远,却像是在用打字法聊天似的,怎么也找不到对方的脸,只看得见"云雾"中一个个矮小的孩子的轮廓。

"啊! 我的妈! 不,我的手破了!"徐嘉宇坐在砖头堆上，揉着自己被有棱有角的砖头扎破了的中指，他身旁斜放着的一块砖上，斑斑血迹在粉尘中是如此清晰。

"怎么了？这么'惨烈'？"小诸葛和李陈浩出现在徐嘉宇的视线之中。

"没什么，只是我的手划破了，再见，为了工钱，自己干自己的活去吧。"徐嘉宇从自己口袋里找出一张被揉得皱皱的餐巾纸，应付应付自己的伤口。

小诸葛坐在徐嘉宇身边，看着自己的手，也满是粉尘，起了不知多少的死皮，仿佛是一个中年人的手掌一般，写满沧桑，刻满了坎坷的经历："这样吧，我们三个一起搬一堆吧，有个照应，速度也不会慢下来，工钱应该还是原来的数目。"小诸葛站起身来，拍拍自己裤子上的灰尘，拎起一块砖向"大雾"深处走去。"嘎"，砖头撞击铁板的声音愈发清脆，又走回来，再拎砖，又去……李陈浩也是如此，大家为了将来，为了暑假，为了升入六年级前的最后一次暑假而努力。徐嘉宇看看自己的手指，忽然觉得，它不再是需要呵护的受伤部位了，而是妨碍自己努力的累赘。

"我要像他们一样，榜样就在我眼前。这才是团队，这才是友谊，朋友不应该互相摒弃，我要重新站起来，追上他们！"徐嘉宇心中这么想着，他的目光不再盯着那根受伤的手指。粉尘中，是头上挂满了汗珠，但依旧不说苦、累的同伴，自己又怎能窝在另一边享受短暂的休息？

他立起身来，又拎起一块砖……

领了工钱，已是黄昏，三人在十字路口分道扬镳，可心却是在一起的。

夜里，躺在床上，徐嘉宇已经感觉不到早上的劳累，他看着自己受伤的手指，心里五味杂陈，又微微有点感动……

加　班

"好！同学们，今天是我们的休业式，暑假作业就是这些了，祝你们暑假愉快！"大吴老师招呼来两个同学，拍拍桌子上的两沓试卷，让他们发下去，"对了，还有一件事情没讲，要参加夏令营的，明天到门厅集合并交五百元费用，后天出发……"也不知为什么，因为放假而产生的喜悦，瞬间烟消云散了，哎！果然是老人呀！真是顽固，不就是多写几个字吗？而且夏令营还是有益于我们身心健康的活动呢！在自己眼里，大吴老师一向是值得尊敬的，唯独发试卷这件事情让他在小诸葛心中的地位有点降低，就仿佛一个清廉的领导，颇受大家爱戴，一夜之间被查出有贪污的罪行，还和几起杀人案件有关，成了一个被判死刑的罪犯似的……虽说大吴老师并没有犯什么错误。

"诸葛,大事不好了,我们的工钱还差五十几块,可是今天工期就结束了! 怎么办呀,我想想也没什么工作可做的了。发传单又没法在出发前凑好一百五十元,天亡我们也,啊!"李陈浩叫了一声,一只手捂着胸口,一只手支在小诸葛的桌子上,仿佛后宫妖媚的嫔妃。

"是个大问题,可能还真去不成了,哎……办法是有的……"小诸葛不再说了,似乎是想吊起李陈浩的胃口。

"什么,为了我们的快乐,说一下吧!"李陈浩一只手搭在小诸葛的肩膀上,"我们的快乐,这个重任,就落在你的肩膀上了,加油!"

"等等,胖子,我的话还没讲完,办法是有的,可是我想不到,但是有一个愚不可及的办法——加班,貌似只有这一个办法,没错! 我们要在工期结束之前多干点活,再不要脸地向老板要钱,尽量要多一点。就这么简单,你去跟徐嘉宇说一下吧,今天一放学我们就去干活!"

"老板,我们来了!"小诸葛把自己的书包放在一边的货架上,和老板打招呼。

"哎,小朋友们,今天怎么十点多来的啊? 不用上学的吗?"老板放下手中的一摞砖头,摘下手套,向他们挥手。

"老板,我们明天就要交钱了,所以我们今天想来加班,想在明天交钱之前凑足五百元,现在我们每人还差一些,所以想加紧干活,挣钱。"小诸葛顺手拿起自己身边的一块砖,放进了另一边的三轮车里。

"好,那你们先去干活吧,不打扰你们挣钱了。"说着,老板又戴上了手套,拾起身边的一摞砖,把自己全部的精力都投入到工作之中。

小诸葛看着看着,仿佛看见了自己的爸爸,坐在台灯边,手指不停地敲击着键盘,不断地写文章,发文章,又写,又发……那是辛勤工作的背影,那是一个家的寄托,那是一个不起眼却伟大的梦想。

正是正午时分,每个人头顶都只有太阳,蔚蓝的天空已经消失。太阳刺眼的光线,让大家眼里只剩下一片金黄。穿着对于夏天来说厚得不得了的工作服,他们的身上冒着汗,仿佛是在一边洗澡,一边搬砖。偶尔有几粒不大不小的灰尘飘进衣领中,混杂着汗水,弄得大家浑身不自在。这感觉,像是一个小孩子在泥坑里打了滚之后,又不肯洗澡一样。炎热的天气弄得人心中焦躁不安,似乎连呼吸一口新鲜空气都是麻烦得不得了的事儿了,更像是老股民正用4G看着股市,信号从4G变成了一个E,真想把手机给砸了!

太阳毫不留情地拉着风箱,仿佛地球只是他手中的一颗肉丸子,烤烤更好吃罢了。

"大伙加油啊!为了工钱,为了一个暑假的快乐!"小诸葛努力地控制着自己单薄的身子不被一大摞砖头弄倒,但这就像他做奥数一样困难。做奥数时,一边哭一边做;搬砖头时,一边跪,一边躺,一边搬,仿佛整个人都要累倒在地上了,更何况今天的工作时间是以往的两倍之多呢!

另外两个人也好不到哪里去,在砖头山上歇着了,只剩下小诸葛一个人在逞强。

"兄弟呀!别逞强了,到时候把身子累坏了,岂不是得不偿失啦?先歇一下,再搬砖头也不迟。"徐嘉宇从包里拿出一瓶水,自己先喝了一口,又递给李陈浩,最后看看小诸葛,摇摇头,又把嘴凑到李陈浩耳边,"我们也动身吧!看他以前从未像今天一样,我们又岂能落后?不打扰他了,我们也要加油呀!"徐嘉宇拾起手边的砖头,向三轮车走去……

这就像一场简陋的话剧,砖头是舞台,石灰当背景,也没什么观众。而主角,就是小诸葛了。太阳的强光,就是舞台上始终照着主角的那盏白炽灯。

这场话剧是坚毅的,没有人会倒下,哪怕再苦再累;这场话剧是神圣的,没有人会被蔑视,无论人心多么叵测;这场话剧是永久的,无论男女老少,都是主角,但凡拥有一颗坚强的心!

"老诸葛,我们今天干了多久了呀,好像回忆一下,也没多久,怎么办呀,工钱一定没多少!"徐嘉宇脱下自己的手套,随手扔进了一边的篮子里,又拿起那瓶没喝完的水,"哎,诸葛,你有没有听我说话呀! 今天的工作时间结束了,收工啦! 我们去找老板要工钱吧! 走啦走啦!"

"哎,不是说好了一起加班的吗? 怎么又要走人啦? 来来来,再干一会儿,要不你们先去,我再搬几块再走。"小诸葛向他们挥挥手,又指了指篮子里的手套,"你还要不要,可以当废品卖,能赚个几毛钱。"

"你还要干活? 那我们陪你一起! 反正又不是你一个人的旅行,我们也一起,是吧,徐嘉宇?"李陈浩又戴上那破旧的手套,拾起脚边散落的方砖……

天池村落

夏日的天不知为何变得粉粉的,仿佛是观世音菩萨不小心弄丢了自己足下的大莲花,莲花的仙气一时间把天池村顶上那片天染成了五颜六色。

在天池村,走到哪里都能见到荷花,在别人眼里,这仿佛是一道天赐的美景,都希望这里是自己的家乡。在小诸葛眼里,这可没什么稀奇的,要知道,关于荷花的几乎所有的事,他年年都做,荷花节就像是家常便饭似的——这里是他外婆家,他年年夏天的指定旅游观光景点。

"诸葛,你看,这朵花多大呀,哎,好香呀,在我老家,从没闻到过这么香的花!"李陈浩想起了自己的老家,仿佛恐怖电影的拍摄场地似的,房子上挂着数不胜数的蜘蛛网,路边还矗立着不知多少间小房子,泥土墙,残破的瓦片屋顶上是斑斑驳驳的鸟粪……哎！

"对了，老李，你知不知道那所房子几岁了？"小诸葛摘下耳机，关上了自己的手机，"料你也猜不到！"

"那是，我是外乡人呀，怎么能知道你老家的事呀，快快快，说来听听！"李陈浩看着这个美丽的村子，早已料到有不少神秘的事情，于是放弃了猜测的机会。

"我听老一辈的人说，起码在我太太太爷爷的时候就有了，你看，黄土墙，还有天井，房子最那边还有一个戏台子，听说那是当时全村唯一的戏院，可受欢迎了，现在好像成了一个小店，平时有人打打麻将，打打纸牌……反正你外乡人，不知道这些东西的！"说罢，又戴起耳机，打开手机，在音乐播放器里寻找着自己喜爱的歌。

"好，同学们，我们在这里下车，吃完饭，回到车上，我们去游览下一个景点，叫，叫……叫……"导游忘了名字，又左看右看，还在身上拍来拍去，"额，叫叫……"

"天池草龙是吧，我看第一个景点就是那个吧！刚进村时，那张挂在村前的大地图上画了。"小诸葛一边从与大巴车相距甚远的阶梯上下来，一边为导游解围。天池草龙，在别人听来，又神秘又有趣，但在小诸葛看来，已经是一幅看过了千百遍的画，闭着眼都能画出来，"我跟你说，一点也不好玩,别抱有这么大期望,到时候失望起来就恐怖了……"

大家坐在一张大圆桌上,手边都有一杯农家自制的荷花饮料,也没名,也没人想给它取名,就说好喝,招待客人总要让他们尝一尝味儿,尝一尝鲜。

"来来来,小朋友们要吃什么自己夹,我家也没什么好吃的,将就将就,下次来的时候,阿姨早些给你们准备准备,莲子鸡煲,很营养的啊! 啊,还有,炸莲花。"

一个相貌平平的阿姨走了出来,她戴着形状似彩虹却只有黑白两色的头巾,腰间系着的围裙,早已被烟熏火燎弄得一片黑,衣服上也有油渍出现。"对了,哎哟喂,这么重要的事,我怎么忘了。"她小声嘀咕着,"你们要喝什么饮料自己去冰箱里拿,我先去炒菜了啊!"

小诸葛看见身边有几个同学在说些什么,他凑近去听了听:"你们说,这阿姨这样子,不会觉得尴尬吗? 这么神奇的人都有,她不觉得我们鸡皮疙瘩都竖起来了!"

"对呀,太神奇了……"李陈浩一边嚼着自己口中的一块鸡肉,一边讽刺着乡下人没见识,"哎,这鸡炒得好吃哎! 比我奶奶炒得好吃多了! 乡下人还是很厉害的嘛!"

"你叫什么呀,我们交个朋友吧!"一个皮肤黝黑,身着短袖的小男孩,拍拍李陈浩的肩膀说道。

李陈浩回头看了一眼,立刻又把头转了回来,把头埋得低低的,招招手,示意小诸葛凑近一点:"你吃饱了吧,那我们一起先出去一下,有事。"说罢,又回头:"啊,对不起,我现在有事,要先走了,等下次再来的时候,我们再交个朋友吧,好,再见。"

"你干什么呀!李胖胖,有什么事要现在说,我还想再吃块鸡呢!好,有话快说!我要回到香喷喷的餐桌边了!"小诸葛从口袋里掏出一张纸,擦擦嘴,扔进了一边的垃圾桶。

此时已经是黄昏,太阳已经躺在了半山腰,仿佛马上就要入睡了。夕阳的余晖照在粉嫩的莲花瓣上,也照在刚刚长出的小莲蓬上。夕阳仿佛一位在巨大舞台上飞舞的艺术家,迈着清幽的步子,漫步在田野间,踱步在小径间,飞奔在马路边……

"同学们,都吃饱了吧,我们上车,前往下一个景点,我们住宿的地方就在那里。在车上,我会为你们讲一些关于天池村的东西。"导游又支起自己手中那面小红旗,在半空中晃了几下,"跟紧我,别走丢了!……刚才吃饭的时候,相信大家也看到了吧,这里的居民,全都是这样的,在互帮互助，互相扶持的情况下，他们就像是一家人，有时会无缘无故叫上邻里数家，一起吃饭，聊天。所以过于热情，在他们看来，并不会尴尬，还会显得很友好。无论大人小孩，都是这样的。关于天池村，还有很多故事……"

李陈浩听着，垂下了头，想必是在回忆那个小朋友的面孔，声音，衣着打扮……他现在一定为当初所做的后悔。如若当初没有婉言谢绝，现在一定又多了一个好朋友。人生路很远，长大以后，进入了社会，朋友才是最重要的。无论怎样，总得有一两个真心对你好的朋友扶持你，方能成功！

不止李陈浩一人，可能很多人都认为这只是一场普通的旅行，但李陈浩却收获了许多。

乡下天黑得快，西边的地平线还有一缕光，太阳用尽全身力气，为世界洒下最后一缕光辉，又结束了完美的一天。田里，青蛙吟唱着属于自己的歌谣，李陈浩也收获了属于自己的最珍贵的东西，那就是对友情更深刻、更崭新的理解。

龙

"同学们,计划有变,今天太晚了,我们明天再去游览天池草龙,最后,祝大家今晚有一个好梦!"导游收起了他的小红旗,放下了背包,走向自己的房间。

家里的床是多么温暖,宾馆的床,哪怕再柔软,哪怕再温暖,也比不上家里一根手指头。小诸葛躺在床上,看着星空,唯独不见月亮,星星像往日一般闪耀,云像往日一般轻浮,世间一成不变的事有很多,许多人也想一成不变,平静地过完一生,有的人渴望创新,渴望开创不一样的人生。小诸葛想着,自己该做哪种人,自己想做哪种人……

父亲常与他说,人要活得精彩,活得有价值,活出自己想要的一生,心中要有鸿鹄之志,并拼尽一切去努力,奋斗。

到底是怎么一回事呢？小诸葛无法明白，只能每次闲暇时，在记忆里翻找着爸爸对他说的每一句话，慢慢琢磨，他相信，慢慢地，一定能懂一些。

第二天，旅游继续进行。

"这条草龙在众草龙之中不算大，可能还偏小，但是，之所以我今天要向同学们特别介绍这一条，是因为它在众草龙之中，年龄比谁都大！你们知道龙从古到今，都有什么意义吗？"导游从单肩包里摸出一张纸，瞟了一眼，指指面前这条草龙，又瞟了一眼。

"十二生肖之一！"

"帝王的象征！"

"力量！"

…………

"你们说的都没错，但是你们知道关于龙的尴尬的事吗？"导游看了一眼字条，心想：糟糕了，昨天晚上忘记翻历史书了，我没例子可说呀，这围可怎么解呀！

"我知道！"李陈浩站在人群最后面，举了一下手，立马放下了，"三国时期，诸葛亮因为号卧龙而被关、张两人误解成想要谋害刘备，自立为一方诸侯，这算关于龙的事情了吧?"

"看来我们这位同学对三国演义的了解颇深呀,哈哈哈。"导游挠挠后脑勺,笑了一下,仿佛是感谢他为自己解围。

"哟,李陈浩,真不知道你还留了一手呀! 真有你的,对了,别告诉我你无聊的时候就只是看《三国演义》啊!"徐嘉宇手中拎着一个水杯,头上戴着一顶旅行社发的旅游帽,黄黄的帽子仿佛是种在"植物人"(游戏人物)头上的向日葵,欣欣向荣。

"不,我还看《三国演义》的电视剧,总共有九十五集,我已经看到八十几集了,和普通的电视剧一样,一集四十多分钟。"李陈浩笑笑,在他眼里,这并不是什么无聊的举动,而是一种侧面的、比较特殊的学习方式,是值得一试的学习方法,"你回家可以看看,真的蛮好看的,都是当代知名演员演的,比如说曹操,就是《甄嬛传》里演皇帝的那个。"

"哎,对了,我看着导游是新手呀,还没我了解这地方呀,就算我是老乡,身为导游的他,总得比我了解些吧! 你们知不知道那草龙到底有什么用? 想想你们也猜不到! 有话直说吧,和稻草人的用途差不多,只不过现在成了景观。"

"你爷爷奶奶那辈人都是怎么想的呀,让高贵的龙来看菜园?"李陈浩在脑子里想着一条条飞龙遨游在天际,却没想到还有几条龙被老农民捉下来看菜园了,仔细一想,这才是尴尬呀!

龙?是呀,我为什么不当一条高贵的龙呢?有伟大的梦想,有深邃的思想,有奉献的心,就像这天池草龙,有一颗甘愿为人间百姓服务的心。

相信爸爸也是希望我做这样一个人吧!能有自己的一番事业,能有自己的一片天地,能面对任何失败与挫折不后退,有一个永无止境的梦想……这才是我,这才是老爸希望的我,一个乐观开朗,有梦想,能努力吃苦的我。而现在的我,似乎还没有做到这些,只希望未来的我不会让老爸失望。

"叮咚,叮咚。"小诸葛的手机传来QQ收到信息的提示音,他从裤兜里掏出手机,是爸爸发来的:儿子,你可能还不知道我下一步的梦想,我要写一套异步作文教材《梦笔生花》,再加盟一所私立学校,之后再写几本书。希望你也和爸爸一样,做一个追梦的人,哪怕最后不能成功。

小诸葛很想回老爸一句"好的",可又不敢,他不知道自己能否办到，以往在生活中总是模棱两可，办事总认为应该从长计议的他，就像在激流中的鹅卵石，有棱有角的别人，都顺着激流勇敢地前进了，只剩办事犹豫的他，仍然在原地，对前进路上的每一件事都担忧着，都想着尽量做好每一件事。

他想，这样的自己，能成为老爸话语中那个有梦的人吗？

外婆家

"兄弟们,我有个建议,不知你们能不能接受,不如今天我们就不跟旅游团了,我带你们游山玩水去!先带你们去我外婆家玩,怎么样?"小诸葛说着说着,不再直视着另外两人,看着天空,想起了外婆家冒着热气的红烧肉、老鸭煲、辣子鸡,"事不宜迟,马上出发!"

"等等,我们还没说同意呢!"李陈浩放下手机,从椅子上起来,"我们是花钱来旅游的,不跟团,还不如不花钱呢,还不如不来呢!"

"不,这是你的观点,不关我的事,小诸葛的建议我是很赞成的,因为我外婆家和他外婆家只有十步之遥,我清楚那是个怎样的环境,所以不想去的只有你一个人,OK?"徐嘉宇拍拍李陈浩的肩,"去吧!要不你留在这里,我和老诸葛去,有好东西也不用带给你了,有好事情也不告诉你了,你就按部就班地游玩去吧!再见,后会有期。"徐嘉宇背上靠在床边的背包。

"走,李陈浩,你还有最后一次机会,三,二……"小诸葛伸出三根手指,弯下一根,又弯了一根,"还有一秒,零点九,零点八,零点五……"小诸葛也背上背包,走出房门,拔下房卡,顿时,整个房间只剩下李陈浩一人,他看着周围,虽然已是早晨,可天空依旧没有一丝想要变得亮堂的欲望。

房间里的座机电话屏幕上泛着绿光,照耀在透明的写着酒店名称的水杯上。贴在杯壁上的水珠变得如同翡翠一般嫩绿,像绿叶一般灵动,像夏夜般清幽。墙上古老的图腾纹样仿佛也活了,一张张如同面具似的脸上,两个深邃的眼窝里仿佛泛起了蓝光,就像是钢铁侠的头盔,小小一片铁,却刻满了无情与杀戮。

"等等,我去我去,会不会很远呀?"李陈浩拎着包,手拉着门,一边跑一边关门,"手下留情,电梯等我!"他在电梯面前刹住了车,把包向电梯里一扔,正好卡在了几乎已经关上了的电梯门里,电梯的门又打开了。

"想好啦,要去啦?你再这么大叫,我们都去不成,我们是背着导游去的，你把他吵醒了，我们怎么去呀，傻胖子！"小诸葛重重拍了一下他的脑袋，仿佛是打仗时击鼓手正在奋力击打第一次鼓，为出征的战友们壮行，也像是农民们正在晒谷场上打豆子一样。

"好好好，都听你的，不吵了。"李陈浩背好包，走出电梯门，"走呀，你们不想去了？"

"傻瓜，你也不看一眼，现在是三楼，还没到，回来！"徐嘉宇拉住他的衣领，向电梯里拽。

"大早上的，我没睡醒，脑子不清醒很正常！"李陈浩为自己争辩着，想要为自己赢回一点颜面，一天到晚都这样，实在太丢人了，连自己都不忍心看自己了。

"好好好，就你智商高！"小诸葛看着李陈浩，点点头，像是糊弄三岁小孩似的，想以此让李陈浩闭上嘴。

五分钟的车程后就是泥泞的小路，再走上五分钟，就到了。这里和外界还真不同，看着就不像天池村，那儿到处是脚步匆匆的过客，还有吆喝着卖商品的大妈，以及不知好歹乱丢垃圾的游客。这里只有挑着扁担的老农民，捧着饭碗聊着一件又一件家常小事的老奶奶。

"哇！世外桃源呀！"李陈浩两手不再拉着自己单肩背包，松开双手，抚摸着天池村最柔顺的空气，呼吸着天池村最清新的空气,感触着天池村最柔和的空气,惊叹道,"天下真有这等地方,从前我一直在城里,从没来过乡下,想不到呀……"

小诸葛左手指着左边,右手指着右边:"左边是我家,右边是徐嘉宇家。为什么在班里我们从来都没有说过这事呢? 不为什么,因为我们忘了,哈哈哈哈……"

"阿婆! 我姑泪呗(龙游话:回来了)!"小诸葛推门走进大院里,向四周扫视了一眼,一切都像上个暑假一样,没有半点变化,"阿婆,这个是我同学,今天来我们家做客,今天中午什么菜呀?"

"哎,回来怎么你妈都不给我打个电话啊? 吓么么苏噶(龙游话:这么没数的啊)! 今天中午都没什么菜,怎么办……我给你们包几个汤圆好了,反正馅我还有很多,吃笋、猪肉的还是韭菜的?"外婆听见熟悉的声音,来不及解围裙,也来不及放下锅铲,匆匆跑出来迎客,一边喜形于色地抱怨女儿不及时通知她,让她拿不出最好的东西招待这几个"小皇帝"。

"猪肉的,好吃点!"小诸葛对外婆说,一边又对李陈浩低声说,"在你眼里,应该只有元宵节才会吃汤圆吧? 但是在这里,什么时候都吃,谁让大家都喜欢吃呢? 我爸虽然不是天池村人，但也很喜欢吃汤圆，和我一样，不，我和他一样，都喜欢吃猪肉馅的，今天请你尝尝……我知道，不用谢我。"小诸葛双手支着李陈浩，把他推进了门，"客人怎么能站在门外呢？进去坐。"

"其实我外婆家也不是很好玩，也没有什么特别的，今天可能会让你白来一趟，真有点对不住你呀……哈哈。"小诸葛想到了今天是请李陈浩来玩的，外婆家也没啥可玩，感觉有点抱歉。

"才不会呢！你今天让我见识到了什么是真正的农村，如若不来，我才是真正白来一趟了。来了你外婆家，虽然没什么景色可赏，也没什么好玩的，但是，这才让我明白了我奶奶家根本不算什么。我不知道世上有这种地方，从前只在报纸上听说过天池村，本以为只是一个景区，总以为它只是因为荷花闻名的，但没想到，还有这样一个远离尘嚣的乡村，真让我长了见识。这五百块钱花得值！"

"那就好，那就好！我还以为我尽不了地主之谊……"小诸葛的话说完了，心里却没平静。他想，自己就像是这汤里的汤圆，在小小的一片世界里，做自己该做的，做自己能做的。

他也没有觉得外婆家这个村子有啥特别的，之所以爱这个村子，是因为有带他长大的外婆——这个，他没有说。

框　定

　　虽然只是六点半，天只有几丝光亮支撑着，但黄牛已走在泥巴路上，甩动着自己细长的仿佛跳绳一般的尾巴，拍打着黏人的苍蝇，时不时沉稳地叫一声，惊起一群睡眼惺忪的白鹭，也惊起了睡梦中的小诸葛一行人。

　　"诸葛，我们今天去干什么呀？"徐嘉宇坐在床头，用枕头拍打着另一个枕头，又起身掀开窗帘，看看泛着淡黄的天，看看愈发翠绿的山林，看看愈发精神的人们，向还窝在被窝中的小诸葛问道。

　　"你不跟导游了啊，到时候别人以为你失踪，就玩大发了！我劝你……"小诸葛还没说完，李陈浩就打断了他，"我以为你知道的，你看这些不靠谱的导游，每天都只知道按着规划线路走，循规蹈矩的，哪有跟着你好玩呀，想干吗就干吗!"

"就是说嘛,我老家也在这里,要想去哪里玩,我好歹也能提供点'信息'呀,走走走,去请假去!"徐嘉宇叫上坐在椅子上的李陈浩,一把夺下他的茶杯,拔下房卡,背上包,幽灵似的奔在地毯上,找导游去了。

小诸葛从被窝里爬出来了,穿上衣服,靠在床头,水从桌头滑到地上,连成一丝水线,仿佛一个正在玩沙画的小朋友手中的沙子,细细长长的沙线,勾勒着一幅幅童真的梦画。半杯水在杯中摇曳,摇晃的水位线仿佛芭蕾舞演员的裙摆,上下摆动,似缥缈不定,又能寻出规律。碎花的墙纸像是手机的壳,掩盖了破旧的墙面。

"好了,老诸葛,你想好去哪里没?"一个声音由远及近,细听像是徐嘉宇的吼声,从远处传来。

"吵什么! 你以为人人都起床了啊,要学会将心比心,不过说到头,我还真不知道什么地方好玩,而且,说实话,我们老家真没什么好玩的,反正我是想不到什么了,要不就待在宾馆里,睡回笼觉?"小诸葛又躺在了床上,朝着天空打了一个响指,"你们觉得怎么样?"

"走开,才不要嘞!"徐嘉宇把他从床上拉起来,"实在没事干,去外婆家吃个饭总可以吧? 我精力可旺盛着呢!

走走走,时间就是金钱!"

小诸葛借着外力走动着,在他心里,现在老老实实睡个回笼觉才是最正确的,可无奈,谁让自己带上了最好又最烦人,还最有群体控制领导能力的朋友呢? 自讨苦吃呀……

站在电梯里,不知为什么,小诸葛变得有精神了,脑子里似乎又不自觉地想到了一些东西:为什么我不是像徐嘉宇一样的人呢? 难道我从内心深处就规定自己是个被框定命运的人吗? 怎么会呀? 我记得从前我不是这样的,一定是这些天变得懒散了吧,哎,希望我也能成为不被规则所框定,不为规矩改变本性的人。

不知为什么,小诸葛突然对徐嘉宇有了特殊的看法,似乎从小到大,他总能在不经意间发现别人的长处,无论是相处甚久,还是刚刚接触,他总能看破很多,对方想掩藏的,对方想展现的,对方纠结的……但他从没看见过对自己性格毫无保留,在谁面前都是一个样的人,除徐嘉宇之外,他曾梦想自己能掌控很多,也曾想自己的成绩突飞猛进。但唯一尝试过的,只有表里如一,但也未能如愿,如今有一人,有一个表里如一的人就在他旁边,这感觉,如见恩师,也像是又回到了梦境之中,轻松地活着,不用为任何事忧愁,不用为任何事烦恼……

"走,去看荷花节!"小诸葛停下脚步,拉住徐嘉宇和李陈浩,"其实我心中有许多好玩的地方,只不过脑子刚才短路了,见谅,走吧!"

小诸葛领着头,走在泥泞的小路上,此时,他的心就像是淋了水的泥,软软的,又像是飞出了牢笼的小鸟,飘出了框架的相片,活灵活现,栩栩如生!

成事不足 败事有余

不知从什么时候起,田野变得空旷,去年留下的干枯的荷叶秆子,默默地倒下了,仿佛严监生死前竖直了的手,等没了气,手也便垂了下去。

小诸葛走在田间,不知不觉中,几点嫩绿色的,尖尖的,仿佛花苞似的东西,已悄悄浮出水面。那是新的荷叶,推倒了干枯的阻碍,培育出新的花蕊了!

走在田埂上,看着一点一点的莲叶,尖尖的头,仿佛渴望光明的人伸出的双手,捕捉着可贵的一点一滴的时间,使自己成长……

"再过几个星期就要摘莲子了吧!还好我比较明智,早早来了外婆家,再过几天就有活干喽!"小诸葛靠在从田埂边长出来的一棵小树上,看着花苞似的莲叶,幼小的它们仿佛老农渴望收获的心,如小孩一般单纯。

或许小诸葛预想的还长了一些,不知是时间过得快,还是真的只有短短几天,当他再走到田间,风景已经截然不同了:原先只有星星点点的绿,现在已经蔓延开来,粉红色的火焰舞动在绿色原野上,仿佛山中的映山红,也像是舒缓音乐中的一声高调,唐突,但又不让人感到意外,听着不对头,但又符合心意。

"走了,诸葛,是你自己说要去帮咱们外婆摘莲子的!现在又不想去了啊,快快快,走走走!"徐嘉宇背上包,拽着小诸葛,向新宅跑去。

路边的荷花散发着香气,仿佛一只只无形的手,硬是往两人鼻孔里钻,整个池塘变了个样,雨季过了,稀泥的臭味没了,养猪场的臭味也被荷花香掩盖了些许,仿佛整个世界都和煦了许多,仿佛这个暑假都是为小诸葛几人量身定做的。

"阿婆,我们来帮你们摘莲子了!"徐嘉宇倚在门框上,放下背包,顺手抄来边上的一张自制的小板凳,跷起二郎腿,从包里拿出自己的水杯,匆忙拧开盖子,仰头喝起来,就差没把自己弄得满身水了。

"啊,哈哈哈,背篓在那里,你俩自己去拿,阿婆今天要去买菜，正巧你阿公不在，就你们俩去帮我摘莲蓬吧！小心点，昨天刚下完雨，田里的泥巴很湿的！走慢……"外婆挥动着扫把，时不时拂过坑坑洼洼积满了雨水的地面，还没说完，小诸葛在转角处挥挥手，他们飞快地消失在外婆的视线中。

阳光像一把金珠子，洒在水田里，洒在荷花上，洒在宽敞的荷叶上。小诸葛领着徐嘉宇，走在如同一锅粥似的烂泥地上，小金珠子欢快地蹦跶着，闪耀着，流淌在田野间，流淌在人心中。

每个小莲蓬都鼓鼓的，如同快要胀爆了的气球，但却如此翠绿无瑕，简直不是画家的颜料所能描摹的。它不能用翠绿来形容，时深时浅的绿色仿佛色泽鲜明的油画引人注目。

"哇！你们家的荷花，真……哎，和我们家的相比，简直是天壤之别呀，我们家的不是残的，便是缺的，就像一头头死耗子……要不，摘几朵？"徐嘉宇卸下背上的箩筐，搓着双手，看着田里数不胜数的荷花，"这么多，摘几朵也没事吧？放心，不多，就两朵！"

小诸葛心想："反正他这么喜欢，这么多亩，少个两朵也不会怎么样吧？随他吧，谁让他家田里没有好货呢！就当是做做慈善吧,送他几朵,就当是种植模范吧!"

"好好好,只准摘两朵,反正这么多也不缺这么两朵嘛,快去快回!"不知怎么的,小诸葛变得这么大方,虽说他对朋友向来大方,但要知道,一朵富硒莲蓬,价钱可不菲呀!

"谢谢!"徐嘉宇又背起背篓,走向莲叶摇摆处。淡淡的薄雾夹杂着微风,积云悠闲地游荡在天空,时不时落下几滴小雨,走着走着,徐嘉宇消失在田埂的拐角处。

小诸葛目送着他离去,心想,自己也好开始工作了,于是走下田埂,翻看着伫立在淤泥之中的一盏盏莲蓬:"嗯,这个大,哇,这个好! 都要了。"

太阳爬上山头,默默地悬在空中,泼洒出一缕缕褶皱的阳光,扯开均匀的薄雾。慢慢地,薄雾中隐隐出现了一个轮廓,渐渐地,轮廓越来越明显,仿佛是用方头的马克笔勾勒出来的,是徐嘉宇。

他走到小诸葛面前,卸下背篓,揉揉自己因为压力过大而变得酸痛的肩膀:"看,果真是满载而归吧!"徐嘉宇一只手指着箩筐,另一只手依旧在揉着肩膀。

小诸葛看着徐嘉宇自豪的神情,自己却笑不起来,满筐的荷花挤在一起,大的小的,老的少的,都有,小诸葛一眼目测,这得有三四十朵吧!

"不是叫你只摘两朵吗？怎么摘了这么多?! 现在好了,看你完不完蛋!"

"不就几朵花,至于吗?"徐嘉宇满脸不在乎,仿佛世界都是他的,干什么都无所谓。

"就几朵花？天哪,你的想法一般人还真捉摸不透,总而言之,你完蛋了! 这一朵花都不知道有多贵,你你你,你摘了这么一堆,还问我至于吗？天哪! 走,回去!"小诸葛走在徐嘉宇后头,时不时瞟一眼那些可怜的花,脑子里幻想着徐嘉宇完蛋时的场景。

小诸葛暗自担忧:外婆不至于骂他,但是她的心里该有多心疼啊!

弄巧成拙

　　"阿婆，我们回来了！"小诸葛跑到徐嘉宇前面，想为他挡一挡，虽说犯了大错，但毕竟是朋友嘛，能挡一会儿是一会儿，反正终究要暴露，还不如自在几秒。

　　"哟，回来啦！让我看看摘了多少，咳咳，好孩子！"外婆把扫把靠在墙角，走到小诸葛身边，扶着背篓，往上一提，把它从小诸葛的背上卸了下来。脸上的微笑和着柔和的阳光，让褶皱的皮肤变得更加慈祥，"还不错呀，挑的都好，这孩子有眼光，好好好！来，徐嘉宇，你的拿来看看。"

　　徐嘉宇迈着颤抖的步子，放下背篓，整个人无力地倚在墙上，仿佛瘫在了上面："我我我，我的……"

　　外婆走近箩筐，戴上自己的老花镜，看到一团粉红色的东西："嘉宇，你好像把小莲蓬也摘了啊……哎哟哟，还有花……"外婆脸上的笑容很僵硬,似乎笑容想要留着却又想溜走。

"外外外,外婆,的确是还没长大的小莲蓬,只不过,只不过……嘿嘿……"徐嘉宇硬挤出一丝笑容,想让自己好受些,"呵呵,对不起!"

"花被你摘来啦?还摘了这么多! 天哎,我的小祖宗,我是叫你们去摘莲蓬呀! 你也不看着他,还让他摘这么多花!"外婆瞪着小诸葛,脸上的笑容彻底被这些莲花给消化了。

"不是,我已经叫他别摘花了,他不听,我让他摘两朵,谁能想到他都快摘了两亩了! 这可不能怪我,是他不听劝告!"小诸葛转身走向屋里,他心中默默祈祷着,祝徐嘉宇好运吧。

屋子里,桌前的财神摇摆着手中招财进宝的对联,前些天刚刷白的墙壁仿佛冰雪一般清凉,太久没用的电风扇像是一块奇形怪状发了霉的蛋糕。阳光在徐嘉宇的脸上舞蹈,映照着他因挨批习惯了的无所谓的脸庞。

"哎,多说无益,村子东头有一家农家乐,最近在收购荷花,价钱开得也还可以,你就和小诸葛一起去把它们卖了吧……哎,留着也是发霉,快快,走走走!"外婆把刚才倒出背篓的荷花重新装了回去,向小诸葛招招手,示意他又有活干了。

徐嘉宇听了,仿佛一架快熄了火的飞机,在快要坠地时又启动了引擎,重新飞行在蓝天上。

连小诸葛都不知道还有收购荷花的生意。一个村子,能相差这么多:外婆家是村子西边,信息一点也不通,而村子东头啥新鲜都有。他们连忙背着那些不幸夭折的莲花,赶往村东头。

一个中年男人站在路旁,身边堆满了新鲜摘来的荷花。他额头很宽,像是脑门上长了瘤。头发稀稀疏疏,仿佛沙漠中的绿色。他的手油光发亮,一看像是一个月也舍不得洗手的大厨。

"请问,您是老板吗? 我们有一筐莲花想拿来卖。"两人把箩筐从背上放下来,推到老板面前,"您看看,合不合格?"

"嗯,这个嘛,好是好,就是少了点,要知道,我是大批量收购,不过,这么一筐,也不是不买,就是价钱得打点折扣。"老板左手抚摸着下巴上如同尖刺的胡子,另一只手随意地往身上擦着。

"那,这么一筐能卖多少钱呀?"小诸葛一边问老板,一边默默数着有几朵花,大概能卖多少钱。

　　"嗯,这一筐,就给你一百块钱吧,怎么样,卖不卖?"老板双手叉腰,找来一张铁制的小板凳坐下,用油腻腻的手从衣兜里摸出一张破了一个角的长着霉斑的一百块。小诸葛在心中不由呕了一声。

　　"那,好吧,反正留着也卖不出去,一百块就一百块,给你!"小诸葛顺手接过那张一百块,又把筐抬上台阶,倒进另外一个被烟熏黑了的筐里。

探　案

　　"阿哟喂,我的手镯呀,怎么办哟,今天还要去喝喜酒呀!我记得明明就放在这儿呀!怎么会没了呢……"外婆打开抽屉,看见自己的金手镯不翼而飞,感觉身体被掏空了。

　　大家都知道,好好的一套老东西丢了一件,就不成套了。这不成套的东西叫作失群。失群本身是令人惋惜又没辙的事,失群的东西,价钱就会大打折扣……这不,外婆开始着急了。

　　在乡下人里,外婆算是要干净的,算是体面的,可如今却大失风范。她坐在木头沙发上,拎起一只衣角,在手中揉,两道眉毛挤在了一起,仿佛绞在一起的手,松也松不开。老得发霉的木桌的抽屉敞开着,仿佛夏天土狗耷拉在嘴巴外面的舌头。从天花板上高高垂下的电灯,像是从厨房里换出来的,漆黑的油渍粘在灯上,阻隔着一道道光线。虽说是早上,但房间里依旧昏暗。猖獗的蚊子,不知根源在哪,仿佛游戏中的怪物一样,可以凭空出生。

"阿婆,怎么了? 金手镯啊?"小诸葛听见房间里的动静,切断写作业的思路,盖上笔盖,像个多管闲事的老娘舅似的,走进房间,"找不到了啊? 哈哈,现在就是我大显神威的时候!"

小诸葛像抽风了似的,仿佛神经病人一样,好好的作业不做,来找什么金手镯:"嗯,依我看,从长远来说,还是把徐嘉宇找来比较好,恐怕我一个人,力不从心呀……"说罢小诸葛顺手抄起桌子上的高倍数放大镜,又拉开让外婆心烦的抽屉,仿佛忘了刚才说要找徐嘉宇。

"嗯,呃……"小诸葛挪动了一下放大镜,把头凑得更近了,"以我愚见,金手镯与灰尘留下的痕迹还很完好,第一,可以证明外婆你已经把金手镯放在这里有一段时间了,更加大被盗的可能性;第二,这个灰尘印记清晰可见,并且没有被挪动过的迹象,证明了窃贼是从正上方行窃的,所以,所以,呃……"

小诸葛走得更近了,他把手伸到抽屉正上方,又往下伸,重复着行窃的动作:"阿婆,你最后一次见到它是什么时候?"

"嗯,这个吧,这个有什么关系呀? 好吧,好像是半个月以前,之后就再也没用过它了。"外婆看着趴满了蚊子的天花板,思考着回答。

"很好,这样就又更进一步了,因为最近半个月,你应该大部分时间都在家里剥莲子,也就是说,行窃的犯人是我们的熟人,有机会进入我们家,并且身材不高大,这样可以顺利地完成犯罪,并且不引起注意!"小诸葛讲得头头是道,仿佛自己是职业神探一般,就差一顶拉风的侦探帽了!

"如果能检测指纹的话,就没有这么麻烦了,直接把抽屉上的指纹都检测出来,再一一排查就好了。哎,不过有了我神一般的推理能力,一切都不是问题啦! 哈哈哈!"小诸葛像是在自吹自擂,不,明摆着的,就是在自吹自擂。案子还没有结果,就已经开始自我吹嘘起来了。

"老诸葛,我来找你玩喽!"一个慵懒的声音传入小诸葛耳中。

"徐嘉宇,别吵,我外婆手镯不见了,我在查案,正查到兴头上呢! 吵什么吵,嚷嚷什么! 小孩子走一边!"小诸葛推开站在身边的徐嘉宇,继续查看着抽屉里里外外。

"切,不就是手镯不见了嘛,有什么大不了。还有,要查案,怎么能盯着一处看呀,嫌犯逃跑的路线也不看看,平时我们看的恐怖悬疑惊悚科幻大片,你都白看了吗?"徐嘉宇背着手,仿佛一位武功大师一般站在小诸葛身边。

"啊,真是天才!"小诸葛放下放大镜,缓慢地环视这房间,就像摄影师用的三百六十倍自动变焦的相机,"有了!"小诸葛冲向客厅。

"嫌犯偷窃之后,唯一的逃跑路线就是从主卧室经过大厅,再从正门出,为什么不可能从后门出呢,因为围墙太高,后门也没有什么可靠的垫脚石;其二,后门过于老旧,开门时声响太大,会引起人的注意,一般人都不会选择这条线路。这么一来,嫌犯要么已经回自己家了,要么还藏在这里某处!"小诸葛看着徐嘉宇,似乎希望他夸赞一下自己堪称完美的推理。他坐到沙发上,不知为何表情变得漫不经心,难道案子破了?

"案子破了,现在嫌犯不在家里,因为它根本没家。总之,金镯子在衣柜里,是我们家的猫拿的。至于为什么,我就长话短说吧。外婆呢,记性不好,因此,她从抽屉中拿了一些东西之后,可能会忘了推回抽屉,就自己去干活了,因此,让无聊的小,不,老猫有机可乘。猫的躯体纤细,还很灵活，所以可以顺利地爬上抽屉，灵活地把手镯从抽屉里拿出来，并不破坏印记。之后，它因为听到了外婆的声响，有些害怕，于是躲进了偌大的衣柜。注意我的措辞——偌大，为什么说是偌大呢？"小诸葛顿了一顿，咽了一口口水，"因为，在外婆这种老花眼里，衣柜太大了，就算是活动的物体，也不怎么看得见。为什么说看不见呢，因为我知道，外婆的眼镜好像也丢了，所以，她就没看见埋藏在衣服堆里的猫。就是这样，去找吧，一定会有所收获的。对了，说不定眼镜也会在里面。"

徐嘉宇打开身旁的衣柜，不用找，三样东西，都躺在衣服上。这回，小诸葛可要高兴上几天喽。

希望能继续这样吧，人就是这样，有了一点成就，便觉得自己很强大，于是便有勇气做一切，变得不一样，变得顽强、坚毅、睿智……

告别乡村

八月已经到了中旬,我想,没有哪个旅行团会把整个长假都埋没在一次旅行中,所以,这场旅行就快结束了。曾经让小诸葛为之努力的长假,曾经让小诸葛渴望的貌似有趣的长假,就要结束了,真是遗憾呀!难怪人们都说,美好的事情总是那么短暂。

尽管还剩一两天,但近日,小诸葛就像武功尽失的大侠,整天无力地趴在床上,像是医院里垂危的病人,身边挂满了瓶瓶罐罐:盐水、维生素、葡萄糖以及家属探望的水果……

"起来玩一下啦!老诸葛,要不,我们去帮隔壁王大伯找锄头,这个不行的话,就去帮李大婶找戒指,这个可比找手镯有难度多了,总之,别老趴这里啦! get up!"徐嘉宇领着好久不见的李陈浩,一人一只袖子,想要把小诸葛拽起来,两人还喊起了口号,"一,二,三,起!"

"别动我啦!最近很没心情,不知道为什么,就像没电的机器人似的,啊——啊,低电量模式……"小诸葛扭了几下手,摆脱了徐嘉宇和李陈浩,身子一软,又躺了下去,脑子里想着这些天发生的一切,每一个画面都在倒带,回忆着,回味着,就像隔了几十年再看当年的自己,会发现,那时多么幼稚、纯洁,相比之下,现在的自己又有了些什么变化呢……

"干什么,不就是要回去了嘛,有什么关系,我们又不会分开,到了龙游还可以继续玩呀,我还以为有什么大不了的事,就这么屁点东西,来,让活力四射的小诸葛,重现在我眼前吧!"徐嘉宇拍拍小诸葛的背,又拉拉他的衣服,"走了啦,去玩了啦!能玩多久是多久嘛!不要这么悲观嘛!"

"我没有悲观!"

"我记得你不是这样的呀……"

"再见,你可以走了,带上他。"

"你也去!"

"别吵!你们两个丧门星到底想干什么?硬要逼我发

火是吗?!"小诸葛的声音顿时大起来,整个人都"有精神"了,刹那间从床上坐起来,两只手像僵尸般僵硬地举起来,硬生生地指着徐嘉宇和李陈浩,"出去! 有种再来吵我!我把你们都放地上!"

徐嘉宇用手肘顶顶李陈浩,又眨了一下左眼,示意他快点出去,又面向小诸葛,向他走了几步,伸长手,拍拍他的肩:"希望你能好起来,想玩再来找我们,我们永远欢迎你!"说完,跟随着李陈浩的脚步,走出房门……

小诸葛讨厌城里那些面容精致的人,讨厌城里一抬头就只能看到四四方方的天。而乡下,截然不同,天空有自己的样子,每个角度看都不一样;人们有自己的生活,有不同的经历,也有不同的生活态度。一切都是不一样的,就像一个金子做的鸟笼一样,金子固然可贵,但相比之下,还是活得自由更重要。在小诸葛眼里,在城里,好比阶下囚,唯有乡村才是真正的解脱。如今又要回到高贵的鸟笼,谁会想要呢?

一天,两天,小诸葛没有去找徐嘉宇。等到他们再一次见面,一定是在旅游大巴上了吧……哎,许多人都认为,应该由人类来适应大自然,而不只是改变大自然。的确如此,当你适应了某一种环境,想要再去适应另一种环境,总有说不出的感觉,或是伤心,或是尴尬,或是心酸,因为,你早已把自己所处的环境视为天堂,心中怎容得下另一种环境?

大巴车开在羊肠小道上,只有一小段了,出了山,便是城镇了,离想象中的天堂越来越远了,离梦境中的鸟笼越来越近了,往事仿佛一朵朵花,开在孩子们心头,或是开心、欢悦,或是痛苦、悲伤,总而言之,都过去了,过去了。往事像云烟,现实就是那阵风,吹散了一切,想要把灵魂重新燃起,那只能拜托梦境的光临了!

小诸葛坐在大巴车上,望着窗外的一切,望着朝自己挥手的外公外婆,还有那栋矮矮的、毫不起眼的小平房,一切都是那么美好。一年四季,这儿没变,小诸葛的心更没变,他总是向往什么便追求什么,没有心机,总是直来直往。如今,生活不再向着他,于是他变了,变得更成熟,更冷静,从前调皮的他,不见了……

逆天的行为

公益广告里说的没错，城市就像是黑白的画页，高楼大厦遮蔽着天，无论走到哪里，都有汽车浓浓的尾气为你断后，把任何美好的意境渲染得朦朦胧胧，像水墨中国画一般，只剩黑白。

小诸葛坐在课桌前，又拿起好久不动的笔。翻开书，看看封面已经像经历了一年风雨的对联，严重褪了色。笔筒里，许多笔已经写不出字了，横七竖八地躺着。一切都是老样子，除了那颗被乡下深深吸引的心。

"啊，无聊的城市，我要回去……对呀，暑假好像还有十几天吧，我们可以自己组团去呀，谁说一定要跟导游的呀！好的！"小诸葛放下手中的笔，作业本里全是空白。从暑假开始，小诸葛从没做过作业，要么就是在家长的逼迫下看几本书，做作业什么的，不是小诸葛的爱好，再说，时间还长着呢。明日复明日，明日何其多……何其多！

小诸葛拿起电话，颤抖的手按下快捷键："喂，徐嘉宇吗？我有好主意啦，至于是什么，先不告诉你，快点，到我家里来，顺便把李陈浩也叫来！快快快，十万火急，生死攸关呀！拜拜！"小诸葛嘴角弯起微笑的弧度，显然，他对自己的"发言"特别满意，仿佛成功就在眼前了。

"老诸葛，开门！你不是说有事吗？"徐嘉宇正想敲门，只听门把手旋转的声音，咯的一声，徐嘉宇敲了个空，硬生生打向小诸葛。

小诸葛向左边鞋柜一躲，徐嘉宇又打空了，惯性使他向前冲了一小步，径直冲到了沙发边，刚好往上边一坐："好了，老诸葛，你可以开始说了，李陈浩，你别愣着，进来坐。"徐嘉宇撒开手，撑开腿，手支在沙发上，腿架在茶几上，"霸气"的语言，仿佛这里是他家。

"好的，我就不绕圈子了，你们想回去吗？去乡下！我觉得，你们都想吧。如今，暑假还剩十几天，把这十几天都埋没在做作业中，实在是浪费，不如我们给父母留个字条，准备些行李，再去乡下玩个几天，现在，有意见的举手，不想去的出去！"小诸葛顺手从茶几上拿来一支钢笔，在空中画着圈圈,在客厅间来回踱步。

两个人都举手了,李陈浩先开口了:"我觉得,这样不好吧,我们父母都不知道,再说了,自己去,安全谁来保障呀?"

"天呀,李陈浩,你那么多补习班,知识都学哪里去啦?先斩后奏懂不? 想要有回报,必须要有付出,安全当然是我们自己保障啦! 但是,我的问题更有意义,怎么去呀?"徐嘉宇搓着手,把腿放下来,整个人弓下背来,活像讽刺小说里的守财奴。

小诸葛走到徐嘉宇旁边,瞪大了自己的小眼睛:"这么白痴的问题都问得出来,当然是坐车去啦!"

"不是,你理解能力有问题吧,还一副想打我的样子,你先把自己打醒吧! 我说的是,这个……"徐嘉宇搓着左手前三个指头,摆在小诸葛面前。

"这个嘛,我会办好的啦,反正,现在没问题啦。如果没问题了,现在各自回家收拾东西,父母在家的人,找个空当溜出来! 解散!"小诸葛把手一挥,转过身去,就像皇帝一般,一挥手,大赦天下。

"等等,我还有问题,那个,好吧,不问了,我尽量做到吧……"李陈浩举起手,又马上放了下去,或许是预料到小诸葛肯定能完美地反驳吧，于是憋在心里，尽量不把它当个问题。

小诸葛转身走入房间，抚摸着自己刚空闲下来的行李箱，看着自己杂乱无章的房间，心想：或许，整个城市里，在我心中，也只有这儿是彩色的吧，不过，再见了城市，十天后再见！

"亲爱的爸爸妈妈，我去乡下了，和李陈浩、徐嘉宇两个人一起，你们放心，我们能照顾好自己，车票有了，等我到了之后，会让外婆打电话给你们，十天后再见。"

小诸葛写了留言，走出房间，把字条放在茶几上，拖着鼓胀的行李箱，走出门。他关上门，却又打开了一样东西：对新生活的向往。

走下楼，徐嘉宇和李陈浩早已在楼下等他，小诸葛又望了一眼自己的家，再见，无聊的城市，他在心中默默想。

"我这算不算逆天的行为？"小诸葛想起了爸爸那张严肃的脸，心里不由得揪了一下，不过没一分钟，他就把这些忘记了：人啊，要有自我，就得学会忘记——虽然，忘记是困难的！

倒卖荷花

一个多月没有下雨了,每天日光直晒十五个小时,寒暑表上的水银几乎要挤破刻度表了。荷塘变成了水洼,病恹恹的,半死不活。野草变作黄色,耷拉在灰白色的干土上,垂头丧气,一点活的热情都没有。热的苦闷和旱的恐慌塞满了人间。

如今,终于迎来第一场雨了!只不过,这雨,有点久,就像一个很长时间没有光临的老客,在炫耀自己的重要性而迟迟不想离开。

小诸葛刚回到乡下,便下起了雨,说好的来玩,肯定是玩不成了。他趴在床头,像被困在网兜之中的小虫,在负隅顽抗,不久便没了气力,软塌塌的,恍若没捏紧的糯米饭。

"老诸葛,我们得想点事干干,就算下着雨,也不能成天窝在家里,吃饭睡觉做作业吧。这多无聊,哎,相信你也有同感!"徐嘉宇把身子向后一倾,谁料着凳子没靠背,他赶忙把全身力气赶往脊柱,一瞬间直起腰板,不自觉地大喊一声,"啊!"

"别想了,我是太阳能的,要不是有作业没做,我早去睡觉了!哪有你们这么空,广告里说的什么,下雨天巧克力和音乐更配哦,那都是太美好了,当然我这么想,下雨天,没好心情……哎!"小诸葛用屁股顶开椅子,往后倒退两步,把头往后一仰,整个人瘫在沙发上,像是半身不遂的病人。

"怎么会,我的心情就不会由天气来支配,还记得你们那次和我说的收购荷花吗?"李陈浩一边看着作业本,一边对小诸葛和徐嘉宇说。

"怎么会不记得,还不是徐嘉宇犯下了弥天大错,把我整死了,还挨了一顿骂!"小诸葛把头撑起来,看着李陈浩,心里想着他怎么会想起这件伤心事,又瞟了一眼徐嘉宇。而一旁的徐嘉宇,只是呵呵地笑了两声,想必他也知道自己真错了吧。

"不是,我的意思是,趁着雨天没事干,我们勤工俭学,干活去,我们去倒卖莲花,一块钱一朵,一块五卖出,还是卖给那个'大款'!"李陈浩放下笔,拍了一下自己的脑子,"是呀!这能赚不少钱嘞,还能利滚利!哈哈,我就是天才,怎么样各位,哪个有兴趣?"

"哈哈,再见,你觉得,在农民眼中,什么更珍贵呀?粮食!他们能把没有成熟的粮食卖了吗?你想多了。""天才"小诸葛一语道破。

"诸葛,你还别说,说不定真有用,我指的是让我们的心情好起来。准确地说,是让你的心情好起来。走,我们去,倒卖莲花,说实话,在很久很久以前,这算不算投机倒把?"说着,徐嘉宇走出大门,把放在雨棚下的背篓拿出来,向小诸葛挥挥,自己背上一个,又朝门里大喊,"走了,机不可失,时不再来!"

小诸葛从沙发上爬起来,心想着,这是我最后一次听他的:"去谁家,天才?"

"嗯,谁家最多,去谁家!"徐嘉宇答道。

"好,张大爷,哎,要被坑了!"小诸葛走在队伍最后端,看着天,看着地,没看着在雨天中辛勤劳作的农民们。他们每天愁热愁水,还有愁未来的旱。迟耕的地方还没有种田,田土已经硬得跟石头一般,早耕的地方秧苗已长了,却渴得都快成了枯草。

农村真是一个奇妙的地方,这里有美丽的山,有温柔的水,有成群的鸡鸭,有勤勉的农妇。一切都是忙忙碌碌又安安静静。生活在这里,不用像活在城里那么急急忙忙风风火火。你瞧,那一片田地里,有水牛在耕田,那剪影,就是一幅氤氲的水墨画呢。

不一会儿,他们就找到了刚从水田里忙碌回来的张大爷。他穿着雨衣,那雨衣是塑料皮做的,还破了几个口子。他用稻草扎了破的地方,看上去整个人怪怪的,像个穿着雨衣的刺猬。

"张大爷,你们家的荷花能不能卖给我们,不要多的,一点就行了。"小诸葛因为是熟人的缘故,被李陈浩和徐嘉宇推上前去,当了人肉盾牌。

"哈哈,你不就是王文成的外甥吗?你这孩子……这荷花怎么能卖呢?这是粮食哟!成熟了以后很营养的,怎么能卖呀,不行不行不行!"张大爷摘下老花镜,眯着眼看着他们,正想关上大铁门时,徐嘉宇伸手卡在门里。

"不是的,大爷,我们收购莲花,一块一朵,啊,疼疼疼!"徐嘉宇快速抽出手,放在嘴边吹吹继续说道,"我们收购去呢,也是可以做营养品的,要知道,我们同一个村的,谁都知道谁人品好还是坏,你觉得我们会用宝贵的莲花做那些丧心病狂的事吗?"徐嘉宇说到宝贵时,特别提高了音量,差点没把大爷的眼睛吓下来。谈到"丧心病狂"又装出一副厌恶的模样,手指还不断抖着,指着漆黑一片的地面。

"那也不行呀,一块一朵太贵了,我怎么能坑害小朋友呢,你们是祖国的花朵哟!"张大爷又想转身回房,显然说得好听就是为了赶走这帮小屁孩。

"不是的,张大爷,祖国不需要花朵,祖国需要的是栋梁!"小诸葛把铁门推开,挽着张大爷进屋歇息,自己也找了张椅子,又看向门外,挤挤双眼,眉头像是两只打在一起的蚕,示意他们两人快些进来。想必这个村里,能和老头老太勾肩搭背的只有他小诸葛了吧!

"张大爷,这样吧,一朵,八角,这样不嫌贵了吧,怎么样,卖否?放心,我们是城里孩子,不会觉得这钱多的,而且,我们买去也是做好事,是装点最美好的生活……"不知小诸葛说出这话时,心中有没有一点愧疚,明明是为了赚钱,却打着做好事的旗号,挂羊头,卖狗肉。相信也没几人能看得出他葫芦里卖的什么药吧……

"这样啊……嗯,好吧,卖就卖吧!要不,你们自己去采吧!采完告诉我摘了多少……哎哎哎,等等,别把我的小花都摘了咯……"

张大爷的话还没说完,三个小鬼呼啦一声就跑远了,风里传来"谢谢张爷爷,我们会注意的"的回答声。

…………

背着满满的箩筐,小诸葛三人赶往城东。他们仿佛是在荷田里出生的,背着荷花,搂着荷花,在朦胧的小雨中,如梦如幻,没有人能理解,那份感觉是那样新奇和刺激……

冤枉事

倒卖荷花赚了几块钱,让小诸葛飘了几天。几天来顺风顺水的,不料这天却碰上了冤枉事。中午室内没有一处不热。坐凳子好像坐在铜火炉上,按桌子好像按着了烟囱。洋蜡烛从台上弯下来,弯成蹄形磁铁的形状。狗伸着舌头伏在桌子底下喘息。人们各占了一个风口,不停地挥扇,挥得手腕欲断,汗水还是不停地流。

小诸葛也是呀,坐在电风扇前,把功率开到最大,一个劲地往自己身上吹,汗却依旧不住地流。他时不时掀起袖子,往额头上、脸颊边拂过,擦去汗水。但汗水,好像是地下水,无穷无尽,孜孜不倦,一下子又布满了那张小脸。剩下的一只手,做作业可不好做,于是我们看到的那个孩子,根本就不是在做作业,而是在赶蚊子一样,一下挥手,一下跺脚,一下擦汗。

"老阿妈哎,我们家的麦苗倒了一大片,不知道是谁,会不会是你家几个小孩干的? 你你你,你把他们叫出来,我问他们一下!"也不知是谁,听声音有个五十几岁,他径直走入家门,往财神爷像左右看了几眼,像是在找什么,又问正坐在大盆子边剥莲子的外婆。这世上奇怪的人还真多,明明自己一把年纪了,竟然叫外婆老阿妈。

"哎,这怎么可以,他们在做作业,现在可不能打断他们。走走走,肯定不是他们干的,这么乖的孩子怎么会?"外婆一边摇着手中的机器摇杆,瞟了他一眼,仿佛也讨厌这样咋咋呼呼随意打扰别人清静的人。

"不行,我一定要找到,阿个吓死嫩(龙游话:这个小死人),吃饱了撑着,没事找事! 小诸葛,给我出来!"他不听外婆的劝告,一只手撑着门,一只手掀起衣角,弯下腰,擦擦额头上的汗。

"郑大伯,什么事呀,什么麦子不麦子的,我随你去看看!"小诸葛放下笔,站起身来,扭扭腰,摇摇头,盖上褪色的作业本,站在原地伸长手,关了电风扇,走出房门。徐嘉宇也立起身来,靠在房门口,只露出半张脸,悄悄地看着门外的事,就像是躲在家中的小偷,随时准备行窃。

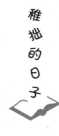

　　"郑大伯,据我所知,您的麦地是在路边上是吧,那样的话,被毁的可能性更大了,被毁的选项也更多了。"小诸葛转了一下头,在一瞬间给了徐嘉宇一点提示:待会我去的时候,你跟来!

　　"什么选项,肯定就是被哪家的孩子玩坏的,让我找到了,要让他好好赔偿! 走,我们去看看!"郑大伯拎着小诸葛,把他向铁门外拖⋯⋯

　　寒暑表的水银早已爬上三十三摄氏度,郑大伯臂上挂着一件夏布长衫,手里提着农具,走向自己的麦地。

　　火一般的太阳赫赫地照着,猛烈地在半空中吸收着地上所剩无几的水分;浅浅的河水懒洋洋地躺着,被太阳越晒越浅。

　　"那,就是这块地哇,你敢说近日里你没来玩过,肯定是你弄的! 还有什么好说的?"郑大伯指着一片倾倒的翠绿,对小诸葛说,"明天叫你外婆拿三百块钱来,送到我家就行了,不要多,就三百。"

　　"郑大伯,要钱没有,要嫌犯倒是有一个,具体是谁,听了我的解释便知道了!"小诸葛坐在边上的树墩上,手架在腿上,看着郑大伯,又看看那片小麦。

　　"别说了,就是你弄的,赔完钱就了事了,我还有事,明天把钱送来就行了,我先走了……"不知怎么,郑大伯额头上的汗,翻了个倍。

小诸葛有点欲哭无泪,这不是讹诈吗？把他带去走一圈,然后就是他干的了？这样不讲理的,看来得好好分析分析给他听:"先别走,你看小麦上有车的压痕,显然是人为的,但却不是用脚踩出来的,所以,可以首先把我和我的朋友们排除在外,所以,我们是不用赔钱的。"小诸葛为自己辩解道。

"小孩子胡说什么!"郑大伯转过身来,指着小诸葛说。

"先别急,听我说。就算你视力不好,你上去踩两脚也知道,如果是人为的话,踩出来的麦地肯定不平整,一定是和地形一样坑坑洼洼,向这边倒的多,向那边的少,所以肯定不是我们干的了,至于是谁干的,便是我们这个村子里唯一几户有车的了。"小诸葛看看天,仿佛不再忍心看这骗局,"所以,是你家儿子干的。"

"怎么会,粮食很可贵的,我家儿子怎么会特地开车来糟蹋自己家粮食,就说你小孩,什么都不知道嘛,赔钱就行了!"郑大伯听了这话,虽然嘴巴否认了,却也感觉不对,仿佛心中有个空洞越变越大了,他的眼睛开始犹疑,"村子里这么多车子,凭什么指定是我儿子呢？"

小诸葛挑挑眉,仿佛想让没精神的自己变得有精神点:"为什么呢,因为目测之后,土地里的压痕不深,不可能是张家的越野车,但也不浅,也不是李家的小型车,也可以排除徐家的商务车,所以,只剩你们家的中型车了。其二,便是压痕的宽度,同样,也只有你家的能与之匹配。对不起了,不是我们,走了。"小诸葛立起身来,走离麦地,"可怜喽,这一地粮食呀,竟被自己主人毁了,啧啧啧,哎……"

小诸葛拍拍郑大伯的肩,回头走向外婆家。郑大伯也没有再说什么,也没有继续索要赔偿,只是背着锄头,与小诸葛相背而走,佝偻着个背。

阳光没有往常一般刺眼、炎热了,仿佛是被控制着温度的电热器,被玩弄于股掌之间。雨,忽然大了,那是郑大伯伤心的泪:"这个小死人,我回去打死他……"他叽里咕噜一路走远了。

赶　集

"诸葛哎,我外婆说明天赶集,我们要不要去?"徐嘉宇跨进大门,把声音尽量拉长,仿佛一根可以无限伸缩的橡皮筋。

"赶集? 去就去吧,反正我也没见过,要不我们去卖点东西,反正窝在家里也是无聊。这样吧,我们可以去卖莲蓬,不是说今年我们家的长得特别好嘛,我觉得一定会有市场的,而且十分可观,不如我们让它提前上市呗!"小诸葛夹上书签,合起手里的书,看看堆在门口等待着被剥开的莲蓬,"找个麻袋,准备出发。对了,在哪里赶集呀?"

"废话,肯定是在最热闹的地方了,就是上次收购莲花那里。不过话说回来,真的不用和外婆说一声吗?"徐嘉宇走到楼上,一边在储物间里"遨游"着,一边扯大了嗓门,向楼下的小诸葛问道。

"废话,说肯定是要说的,但是等外婆回来了,赶集早结束了,所以,老办法,留个字条。"小诸葛从本子上撕下一张纸片,顺手抄起散落在桌子上仿佛游戏棒一般的笔,一边写着,一边对徐嘉宇喊道。

"卖猪肠,卖菠萝,卖茶叶蛋……"

"上圩头黄花梨,点卖点(龙游话:很甜)……"

"磨剪刀,戗菜刀……"

一路下来,全是小贩喇叭的声音,仿佛一场让人不知所措的演唱大杂烩,各种声音,唱出了自己的风格,有长的,有短的,有浑厚的,有尖利的,仿佛憋了一个晚上,这早上就是练嗓门的最佳时节。是呀,这社会上没有一技之长,又怎么站得住脚?

他们找到一片空地,把装得满满的麻袋往地上一倾。麻袋就像一个没有平衡能力的大胖子,直勾勾倒在地上。翠绿的莲蓬有大有小,有老有嫩,五颜六色的,像一群委屈的孩子散乱一地。

小诸葛把麻袋往屁股上一垫,坐在了麻袋上。几个大妈走过他们的摊位,不时瞟几眼,不知是在看面熟的小诸葛,还是在看诱惑力十足的莲蓬。但不过是看几眼,瞟过了便走了。

太阳已经越爬越高,此时已经不是清晨了。三个人也不像刚来时那样兴致勃勃了。小孩子的热情就像一次性筷子,用的时间总是不长。

"老诸葛,这样不行呀,再这样我们就是在这里白坐了一天了呀,要不,我们也喊一下,这样总有些生意了吧?"徐嘉宇站起身来,扭扭腰,拍拍干坐在麻袋上的小诸葛。对面一个胡茬大伯的摊位前挤满了人,仿佛一块磁铁,周围吸满了硬币。

"喊什么喊,你看那些喊的摊位,有多少生意,想要生意来,必须像那个大伯一样有花招,卖个糖画都这么牛,肯定是能人!"小诸葛扭一扭徐嘉宇的头,想让他看看其他摊位,尽管喊得很响,还是没招来几个人。

小诸葛立起身来,走向那个卖糖画的大伯,挤进人群,看见的不只是一个摊位。他不说不唱不吆喝,他桌子上摆着长长几排带木框的玻璃盒子,中间隔开,每个格子里放置一种糖画的式样,每种糖画外观不同,颜色不同,想必口味也不同。

小诸葛又钻出人群,看着他们买糖画,却见这番景象:买糖画的人想要哪种糖画,用手指指,他便抄起手边不大不小的勺子,伸进玻璃格子后面的小缸里舀出一些,倒在做糖画的台子上,再做。数一数,小缸一共有十几个,也就是说,有十几种口味。听边上的大人说,还有好几种口味可以拼在一起吃,这么数下来,也不知道有几种了。

有一点叫人称奇,这么明显的摊位,这么有趣的技艺,这么多年来就没被人盗走吗?难不成他刚开始摆摊?但听着看着,明明是个百年老店,都不知他是第几代传人了,想必,单靠这个,已经够一家人吃饭了吧。

询问询问才知道,这店家有几句话,能保自己家的技艺不被盗:王家技艺不传女,谁我孙子谁学艺!

看这卖法呀,不吃糖画,花点钱也值了。

小诸葛不看了,回到自己的摊位上,集市还没有结束,他却已收拾起自己的摊位,把莲蓬装回了麻袋里,没有卖出去一个,他没有像往日一样垂头丧气,反而像卖出了很多似的。的确,他没有卖出多少,但收获了很多,再说,没卖掉还可以剥开晒干卖的嘛。

"走!回家。"小诸葛拎着麻袋,不管周围摊位老板的"另眼相看",走着,想着:等我练成了绝技,我还是会回来的!他想起了灰太狼。

太阳已经吊在了天空顶端,朦胧的薄雾不见了,知了叫得更起劲了,仿佛歌迷正在为自己的偶像欢呼着,不知疲倦。每家每户都敞开着门,仿佛张开怀抱的臂膀,更像是张开手懒洋洋趴在课桌上的学生。

小诸葛失去的只是一段时间,收获的却很多,其实,只要我们愿意,时间还有一大把,只看你愿不愿意使用在正确的轨道上!

逗不笑的孩子

这世上并不只有一种人，大千世界，无所不有。

外婆家斜对面有一户人家，不知为何，常年不见他们出门，是常年居住于外地呢，还是都是昼伏夜出的生物，没有人知道。大家都说他们一家是神奇的人，哪怕遇到让人捧腹大笑的事，竟然没一个人会笑，一张张脸就像是铁皮敲出来似的。与他们交往过一段时间的人，都只能摇头离开，他们一家人都有点倔，听不进别人的话，性子闷，不好结交，好不容易处上的朋友，渐渐地都会离他们而去，因为太没趣了。

小诸葛听着长辈讲这事，有些不信。往窗外望去，那户人家是有点特别，因为天气闷热，别人家都敞开着大门，但他们一家像是怕冷，把几十年没换的爬满了铁锈的大铁门闭得紧紧的,犹如全村人都是他们的敌人,必须时刻提防着似的。从远处看,一栋爬满了爬山虎的危楼,仿佛鬼屋一般。这吸引着小诸葛,一个个问号犹如金鱼嘴里的泡泡一直往上冒。

"走,李陈浩,我们去会会他们一家人!"小诸葛拎上挂在椅子靠背上的衣服,拍拍趴在沙发上一脸颓废的李陈浩的背,"走了,我们去会会他们。听说他们家有个孩子,比我们小三四岁,也不会笑,我们去逗逗他!"

"啊,这好吗? 也好,宅在家里也是无聊,走走走!"李陈浩翻了个身,两只手撑着沙发,把自己撑了起来,拉拉衣服,活动活动筋骨,全身的骨头都在叫,仿佛太久没用要重新连接一下。果真,再不运动运动,真的全身都散架喽!

"咯咯咯",敲门的声音回荡在小小的弄堂里,手关节敲打铁门的声音真响亮,不知传进了几家几户的窗。他们知道,几乎没有人愿意动这门,以至于路过时还要扭头,似乎看一眼,就有鬼爬出来,把你拖进去似的。

阳光照射在那唯一的门上,没有反光,铁锈截取着一缕缕光线,整个房子都显得黑暗无光,但却给人一种和谐的感觉,或许是和这房子主人的风格有些相似吧。生活在这种环境下的小孩,迟早会像一盒老磁带,终有一天会报废吧？

凡事总有人喜欢追根求源，但这事的根早已不见踪影，这奇怪的家族，有多久的历史，一百年，两百年……

等着等着，有人来开门了。他穿着夏布长衫，高高挽起袖子，手里还拎着捆柴火。那奇形怪状难以言表，就像变形金刚能把身子随意扭曲。

"像那个卖糖画的一样，付点钱看看这大叔也值了！"李陈浩靠近小诸葛，声音尽量放低，压在了喉咙底下说。

小诸葛没有理睬，只是向大叔问道："大叔，我们想找您儿子玩，请问，我们可以进去吗？"

大叔什么也没说，只是把生了锈的铁门推得更开了，把身子一侧，给小诸葛让出了一条道，又把袖子向上挽了挽。

"听说这家小孩喜欢看戏剧相声之类的，估计是被守旧的老人带起来的。这就怪了，看相声之类的，不就图个笑嘛，这人又不笑，怎么好上了这口，不过，我们就用相声逗他笑！老子就不信了，天下还有逗不笑的人？"小诸葛捏紧了拳头，往下狠狠一挥，下定了决心要把他逗笑。

走进他家的门，小诸葛惊到了，如此现代化的乡村，竟还有一户人家留着天井，干净的房子里照旧有个大戏台子！是不是有人在上面表演？或是相声，或是什么话剧。

小诸葛趁着表演的间隙，拖着李陈浩往戏台子上跑，不为别的，只为逗笑那个小孩。

小诸葛两人往台上一站，一高一矮，一瘦一肥。就这么一站，这么有意思地一站，弄得全场人都笑了，唯独那个颇爱听相声的小孩没笑。小诸葛心里想道：正戏要开始了！

"那个老李，学校说要演话剧，要不你陪我去？"小诸葛一只手背在身后，一只手有规律地摇摆着，指着李陈浩。

"就你，业余！"李陈浩装作不给脸。

"我，就我还业余，你学过斯坦尼斯拉夫斯基吗？"小诸葛反问道，似乎想把李陈浩不给的脸，硬从他手里掰下来。

"啥司机，司机不就考个驾照吗？你问问台下的年轻人，谁不是司机？"李陈浩把手往台下一挥，又偷偷瞟了一眼那个小孩。却见那张脸格外别扭，在一张张笑脸中却夹杂着这样一张脸，引得小诸葛更想让他笑了。全场爆笑，唯独那小孩不笑。

小诸葛觉得不对劲了，就这么下去，那小孩死活不笑呀！于是，他俩一股脑把所有听过的老段子、新段子、好段子、坏段子，都倒了出来，笑声仿佛要把房顶掀开，唯独那小孩不笑。

一场相声的时间也不短,小诸葛和李陈浩只能以失败告终了,他们拿了东西,走下戏台子。几个大人走过来表扬他们说得好,讲得有趣,那小孩也好奇地看着他们,应该是在表达自己的好奇吧。

走在回家的路上,小诸葛的心里不只盛满了失败受挫的感觉,更多的是灵感:"李陈浩,我看我们俩配合得蛮好的呀,为何不换种营销方式,反正明天还有集市,我们为何不用说相声的方法来争取点客户呢?未尝不可吧!而且,就算只是玩玩,那也好玩呀!"小诸葛突然停下了脚步,拉住李陈浩的衣角,迫使他也停了下来。

"可以啊,试试吧,但现在的首要任务是回家!"李陈浩从小诸葛手里夺回自己的衣角,继续向前走,小诸葛跟在后头,看着全村的东西,老房子,晴雨依旧的天空,茂密的树林,一切都变得那么和谐,仿佛天生设计的便是配套的。

哎,这便是乡村呀,仿佛包在石头里的翡翠,不过没被发现罢了。

新的方式

还是那个麻袋，依旧鼓鼓胀胀，装的还是那些莲蓬，那些没卖出去的莲蓬，但不像上次一样新鲜，相比而言这次的莲蓬老了许多。也不知小诸葛是怎么想的，是想在出售方式上学习那个卖糖画的大叔，于是质量上便可以差一点，还是外婆认为只是小孩子玩玩，不给好的莲蓬。

赶集的大体位置换了，原先是在村子最热闹的那头，现在换到了最冷门的，一年到头都没多少人愿意去的南边，颇有扶危济困的良好思想。

村子南边，大都是树林，每到秋天便如同仙境一般，各种瓜果都熟了。倘若是秋天在那儿赶集，顺手摘来几个瓜果卖，都有不少收入。大地一片翠绿，仿佛玉皇大帝的玉佩掉入了人间，嵌在了稻田里，不过多久，那翡翠便成了琥珀喽！农民用汗水洗涤着它,灌溉着它,终有一天,它也会去造福他人。

还是像原来一样,小诸葛把莲蓬往地上一倒,往麻布袋上一坐,徐嘉宇支开小板凳,李陈浩则席地而坐。远近看来,小诸葛都像是左青龙右白虎的黑帮老大。

"对了,诸葛,你不是说有灭敌良策吗？不是说能把其他卖莲子的人杀得片甲不留？快点,可以展示一下了!"李陈浩拍拍正在发呆的小诸葛的手臂,又把手放在他眼前挥挥,"嘿,哥们,你在线吗？"

小诸葛一挥手,打了一下李陈浩在他面前挥来挥去的手:"别动,我在看别的摊位的花招,但是我们不能像他们一样,如果依葫芦画瓢,我们就真的没钱赚了,像那个卖衣服的喊清仓大甩卖,现在的人哪个听不出来是假的呀？肯定卖不出去。那个卖猪肠的就算了,也没什么花招能给他使。倒是上次那个卖糖画的大叔不见了,他不是一般都喜欢在最不起眼的地方吗,可是来的时候走遍了集市都没看见他!"

"切,还不简单嘛,上一次赚钱赚够了呗,今天保准在家里休息。不是很多律师都这样吗？一次赚个几十万,然后出去度假!"徐嘉宇扭扭屁股,把小板凳摆正,看着毫无特色的莲蓬,小诸葛真的能赢吗？

"那么,你到底有什么计划,开始吧!"李陈浩直接切入了主题,的确,再不动手,集市都要结束喽。

"在科学家眼里,什么事都有科学可言,就像你在一个人面前连续摔三次,保准会笑,除了哑巴、面瘫、活死人。为什么呢,因为第一次是不小心,第二次可以说是意外,第三次就一定是故意的了。同样,我们的特色也有科学可言,想要客人多,首要是店铺得大,其次,店家要霸气。我们只能做到其二,但做不到其一,所以,演讲是我想出来的新办法,怎么样,霸气吧!"小诸葛引经据典,甚至把自己的空想联系上了科学,没办法,谁让他有理呢! 不知道这个愚昧的决定是不是一团火。

"各位父老乡亲,瞧一瞧看一看,自家种的莲蓬,新鲜又美味,不放农药无添加,走过路过千万不要错过!"一个年近半百的老男人拿着话筒,把嘴巴凑得极近,把头微微扬起,对着宽阔的街道喊着。又瞟瞟小诸葛一行人,十分不屑地转回去了,似乎因为他们是小孩子,在他眼中毫无竞争力吧!

小诸葛往后退两步,爬上一块大石头,俯视着集市,不少店门口已经围满了人,唯独自己的摊位前空空如也。

好吧,也没有什么主席台给我,算了,就这么草率地开始了。小诸葛清清嗓子,偷偷瞟了一眼手上的小字条,拉拉衣服,拧开水杯的盖子,喝了一口水,漱了一下口,又吐到一边的橘子树下面,仿佛皇家演讲师一般威风。

"如今,我们生活在一个身不由己的时代,你想干什么,偏偏不能干什么,思考良久,我才知道,什么是真正的灯下黑,怪不得许多哲学家说过,在光明之处,黑暗更多!"小诸葛停了下来,看似效果挺好的,渐渐地,一些在大妈大爷中稍显年轻的围了过来。小诸葛心里想着,这些人看着比较年轻,想必也有一定的思想境界,于是看准了目标,"受害者"就是他们了,"就比方说我们的初中、高中生,尤其是住校生,每到周日下午,身不由己,只能赶往学校,迫不得已结束美妙的家庭生活;再比方说,我们的上班族,每天早起晚归,黑眼圈重重叠叠。谁会想要这样的生活,相信人人都是想享清福的,没有人愿意干这么多重活累活烧脑活。但是这个社会需要你们付出,所以你们慷慨地答应了,谁知,你们不是在工作,不是在学习,而是被这个干涩、无趣的眼前生活软禁了。"

"所以我想说的只有一句话!"小诸葛停了下来,又瞟了一眼手中的小字条,"请大家做回真正的自己!我们三个,趁着空勤工俭学,体验生活,我们要做独立自主的学生。我们不想被生活和枯燥的学习绑架！大爷大娘们，请你们每人买一个莲蓬，算是对我们努力追求独立的支持！谢谢，谢谢！"说着一鞠躬，跳下了大石头。摊位边已经围满了看稀奇的人，他们从没有见过竟然有小屁孩站在那么高的地方演讲，这也是一个奇怪的好玩的事呢！

这时，李陈浩和徐嘉宇的手里攥满了毛票。时不时有几个硬币充当漏网之鱼，一骨碌滚到莲蓬堆中。

太阳偏西了，小诸葛拿起空空如也的麻袋。那麻袋就是减肥成功的胖子，轻极了。要不是有一两个烂了的没人要，今天是全卖光了呢。连小诸葛都想不到，短短几句话，竟有如此功效。

这世界上的人，没有谁更特别，但是，只要你从内心里看得起自己，你就是个传奇，只要你从内心认可自己，你就是一颗永远的明星！

和煦的微风散漫地溜达着，有着一股调皮的清凉。路边的野蝉滋溜滋溜地拉着暗哑的二胡，不知疲倦似的。太阳留下一抹黄红橙紫的头巾，悄悄下山了。

小诸葛的心情，很爽——这是一次奇妙的体验呢。

结　束

十几天似乎很久，又仿佛是期盼长大的小孩，在不经意间就长大了。

升学考试迫在眉睫，虽说还没有开学，但根据以往的经验来说，龙游华外的招生考试一般都在开学初。所以，皇上不急太监急呀！不知有多少父母给孩子报满了家教班，路上的行人也不少，大都是背着书包拎着袋，脚步匆匆赶往培训地点的人。小诸葛则是个例外，他依旧在乡下过着舒坦的日子，不过日子也不长矣。

发动机的声音由远及近，徘徊在小诸葛耳边的，只有同乡小伙伴告别的声音，只说是回城，从没有提起是回去补习。渐渐地，只剩下小诸葛、徐嘉宇和李陈浩。他们谁也不知道另外两人什么时候与自己分别，也不知道自己什么时候会回到城里，只知道自己唯一有能力办到的，是在分别时说一声再见，说一声谢谢。

他们三人坐在沙发上，也不嫌挤。

小诸葛捧着一杯水，目光垂直着往水里看，而水里映着的，只是一条"苦瓜"。狰狞的面孔仿佛月球表面，高低起伏，凹凸不平。小诸葛在班里一向是个存在感很强的人。他不像别人，几乎没有存在感，稀薄得仿佛青藏高原上的氧气，又像是纸糊的窗户，沾点口水，一戳就破。但如今，他却不想变得这么显眼，最好变成一只小蚂蚁，永远留在乡村里。

李陈浩呢，在班里一向严于律己，在生活中也一样，想必是家庭环境让他变得寡言少语，他从没像今年暑假一样放肆过，也从没想过这样。人们企图用外表掩盖自己的天性，但事实是不行的，李陈浩一直想让自己变得正经，尤其是在他人面前。的确，他办到了。但是，相信在每个人心中，都有一个天生的直觉，唯有保留本性，才算得上不失真。

在腐朽的世界里，总有人试图让自己变得高尚，或是试图装出高尚的模样，但真正的品德不是这种人所能拥有的，上帝总是眷顾谦虚、把一切看得轻的人，简单地说就是没心没肺，活得不累，徐嘉宇就是这种人。自从小诸葛转学来，第一个认识的就是徐嘉宇，他不懂得掩藏自己内心的想法，只是把一切赤裸裸地展现给他人，因为在他心中，没有什么值得掩盖，唯有真的朋友才值得他去珍惜。因此，在真正要好的朋友面前，他不会掩盖内心的想法，想说什么，想做什么，他从不扭捏作态！

也许这种想法很愚蠢，许多名人、哲学家都知道：在光明的地方，总有黑暗潜伏着，不能过分信任他人，否则吃亏的就是自己。但总有人愿意背道而行，这不是企图用天真的方式来博取关注，而是徐嘉宇本性便是如此。

三个可以说是完全不一样的人坐在一起，却是如此志同道合，仿佛真的出自一处，仿佛原本便是同乡，不是亲人，却胜似亲人。找到知己，本是欢心事，但现在三个人的心里只剩下三杯极苦的仿佛是用没成熟的小橘子榨出来的茶水，被逼迫着饮下，只留下满心的辛酸。

小诸葛默默地整理着书包，仿佛自己是一块锈铁，卑微，无力，脆弱，而又不起眼，仿佛自己什么都不是，恍若空气，在一团火苗前被燃烧，慢慢地，慢慢地消失。

挂在门上的风铃响了，走进来一个小小的身影，又是来告别的小伙伴。也不知什么时候轮到小诸葛三人，他们仿佛是一批等着被枪毙的犯人，只有先后之分罢了。

没有人想说话，一张张嘴都被感情封上了，或是伤心，或是强硬挤出的欢笑，总之，盛满了美好幻想的心灵昏睡去了。

门口的风铃又响了，这次进来的不再是告别的小伙伴，而是一位身材中等，稍微有点发福的中年男人。

李陈浩抬起头，拿了书包，低着头，不看小诸葛一眼，只是说了一声再见，便走出门。那个中年男人看了外婆一眼，说了一声谢谢，便也走了。

小诸葛想着，下一个便是自己了。他背上书包，拉拉衣服，推开大铁门。

阳光直直地射进来，照亮了整个大厅。放在餐桌前的财神爷的目光显得更慈祥，仿佛要从那个小小的雕像里爬出来似的。茶几上摆得整整齐齐的水杯反射着光线，让整个茶几显得特别光亮。烧好的开水冒着白烟，没有冬日的浓，但颇有自己的风格，若有若无，仿佛企图遮住太阳的纱布，薄薄的，仿佛是透明的，也像是一把肉松，散散的，看似无力。

忽然，小诸葛的电话铃响了，老妈让他自己坐车回家。他挂断电话，看着徐嘉宇："祝你好运，开学见！"说着，把手机放进包的侧兜里，推开门出去，自言自语着什么……

换个角度看生活

　　干坐在窗前,咬着笔杆,看着小雨一丝一丝滑过玻璃,把整个世界都弄得模模糊糊,仿佛盖了一层纱布的物品,只看得出一个大致的轮廓。所有东西仿佛都用方头的马克笔重新勾勒了一遍,轮廓变得笼统。

　　小诸葛坐在课桌边,身边摆着一摞书,崭新的封面,套着精美的书套,仿佛一个个穿着华丽的贵妇,站立在富丽堂皇的大厅中。书边,是一张张裱起来的照片。微微有些褪色的墙纸仿佛年代久远的唱片。

　　小诸葛俯下身子,把整个头凑在桌子上,轻轻用笔杆敲击着桌子,咯咯咯……无趣的生活,就像被关在笼子里,或是被软禁着。他只是一心想着消磨时间,等待明天的开学,之后再让自己又一次沉浸在无限的忙碌与痛苦之中。

"喂,诸葛吗?我们出去玩!明天就开学了,今天再不好好玩玩就来不及了!"小诸葛打开手机,这么一条消息映入眼帘。小诸葛叹了一口气,不过换一个角度想,变化了的只是自己,徐嘉宇还是往日的徐嘉宇,李陈浩也还是原来的李陈浩,唯独自己,他现在才知道,没有什么乐观是永远的,就像魔术师手中的锁,从来没有真正锁上过。

小诸葛只是回了一句"好的",拎上包便出门了。他仿佛一只小蚂蚁,渴望用自己的力量博得想要的一切,可不知自己是多么无力,他只能任由时而反复无常,时而千篇一律的生活摆布,仿佛棋子一般。

打满了广告的黄包车顶棚在风雨中摇摆着,仿佛只有一根细丝支撑着的铁锤,不知什么时候会轰然倒下。车轴因为长年累月载重而弯曲了,行驶起来嘎嘎作响,不知是链条的声音,还是没有拧紧的螺丝。歪着方向的龙头似乎随时都会滑一跤,急转弯,整辆车便会横倒在马路中间似的。

小诸葛坐在摇摆的车上,心中也是摇摆的,似乎是在大风大浪中的浮标。在他眼里,什么都是这样不幸,上班族每天都被闹钟吵醒,黄包车夫一生都是庸庸碌碌的,老师费尽口舌教导学生还不一定有人听得进……

换个角度看生活

就是这样，小诸葛怀着悲观的眼睛看世界，一切都是悲惨的。

"干什么，叫我来干什么，我在家里发呆发得好好的，你们打断我了！"小诸葛一边从兜里掏出一张五块钱递给黄包车夫，压在喉咙底下说了声谢谢，一边向徐嘉宇问道。

"我们出去玩！一个人闷在家里多没意思，还不如趁这个机会再玩一下。与其想着开学，还不如再出去快活一下，是吧！"徐嘉宇从旁边拿来一张纸，擦擦鼻子下边的汗，顺手揉成一团，扔进了旁边的纸篓子里。虽然已经进入了秋天，但徐嘉宇怕热的习性还是不变，热出热汗，冷，还是出热汗，根本不像个学生，倒是像极了那个踩黄包车的。

"与其煎熬，不如再快活一下。"徐嘉宇的话一直徘徊在小诸葛耳畔，仿佛大山里的回音，越来越轻，又仿佛飘在空中的一把散沙，轻飘飘，漫无目的地飘散着。

为什么徐嘉宇能做到这个地步，为什么徐嘉宇能把生活看得这么平常，难道所有的不幸都能被他看为万幸吗？哎，不久之前自己还自诩乐观，可惜人外有人，能人之外还有能人。小诸葛在心中静静地想着，以至于连大门关上的巨响都没有察觉到，以至于连徐嘉宇和李陈浩欢快的玩耍声都没有听到。他想进入一个属于他自己的世界，思考着,寻觅着,寻觅着为人处世的真理,或许,那个答案就在徐嘉宇身上。只是他的随意,让他显得像个傻瓜,其实真正的大智若愚,就在他身上,只是他不知道而已。他明白如何为人,也早已实践出来了,只是他不知道自己的完美。

"哎呀,我又输了! 妈妈!"李陈浩和徐嘉宇坐在电脑前,打着双人格斗的小游戏,很显然,李陈浩技不如人。

"干什么嘞,换个角度想想啦,你虽然输了,但是身为你的朋友的我却赢了,这不还是好事吗……"徐嘉宇拍拍李陈浩的肩,"下次再努力,有前途!"

换个角度看世界,也许什么都是阳光明媚的,这就是小诸葛要学的,学一年,两年,乃至一辈子!

换个角度看生活

开 学 第 一 天

　　小诸葛走到床边,看看自己的书包,拍拍上面积累了两个月的灰尘,端起来放在椅子上,打开侧边的袋子,那是缠在了一起的红领巾和校牌,如今,时隔一暑,不知它们寂寞不,想必不会吧,至少它们可以互相谈心。

　　"儿子,好了吗? 要去上学啦!"门外传来一声浑厚熟悉的声音,是老爸,他赶着送儿子上学,也赶着自己去上班。

　　"好了,马上就好。"小诸葛放下手中的东西,拉上侧袋的拉链,背上书包,用脚把凳子踢回了桌子底下,顺手抄起放在身边的红领巾和小黄帽,拉拉刚戴好的校牌,走出房间关上房门。

　　"对了,你早饭都没吃……算了算了,也来不及了,随便拿几个烤面包路上吃吃吧,走了走了走了。"老爸拿起餐桌上私人订制的水杯,拎起那个不知用了几年的皮包。每次看到那个外皮仿佛长满了青春痘的脸一般的皮包,小诸葛就吸吸鼻子,斜斜眼睛,觉得老爸真是奇怪,为什么那个皮包就是不换呢?老爸把脚伸进鞋子里,踏了两下便走出门去。小诸葛拿了一块面包,叼在嘴里,抖抖肩上的书包,也匆匆忙忙地走出门去了。

走进校园,什么都没有变,教学楼还是像往常一样,仿佛即将拆迁的危楼;同学们还是这样,只不过有些长高了;唯有操场变化最大,仿佛整个都翻新过了,就像一个长满了雀斑的人做了个手术,面孔变得清秀了。

小诸葛走进教室,坐在位子上,放下书包,抬起头,看见了挂在黑板上的一条鲜红的横条,上面写着:Welcome back。小诸葛在心里暗暗想:你欢迎我回来,又有谁知道这是被迫的,天哪!

"诸葛,你来啦!"徐嘉宇张开怀抱,迈着迅速而又迷你的步伐,扭曲着身子奔向小诸葛。李陈浩坐在位子上,也一起扭头看过来。小诸葛往左边一躲,徐嘉宇扑了个空,整个人趴在小诸葛的桌子上。

"干什么啦,又不是第一天见面,也不是相隔甚久,昨天才刚见过好吧,再见再见,你可以回去了!"小诸葛戳了一下他的肚皮,又把椅子向前拉了拉,把书包放到地上。

徐嘉宇立起身来,便走了,像是来搞笑的,骚扰别人一番就走了。班里的人越来越多,大家都三五成群,总之没有一个人待在自己的位置上,仿佛叮上了人的马蜂,聚成一团,也仿佛动画片里的乌云一样,跟着人走。

一个身影倒映在门板上,没有隆起的背部,显然没有背书包,倒是手上有一沓文件,厚厚的。

是大吴老师。

过了一个暑假,大吴老师脸上的皱纹没变多,不过剃了个头,更精神了。他穿了一双运动鞋,衣裤还是休闲装。整个人还是别扭,因为他一直都很别扭。

"干什么!还在这里吵!知不知道下下个星期就华外招考了哇!还不去做题,看你们怎么办,考不上别怪我,我顶多是一点名声毁掉。你们呢,你们是人生的第一个转折点喂,就这么放松啊,我看这报名表是不用填了,就这种状态还考什么考!"大吴老师把那沓纸——准确地说是报名表——拍在讲台上。那声音,是开学以来第一个闯进小诸葛心里的声音,相信也是让其他同学最为惊讶的声音吧!

这一句话传进同学们耳朵里,仿佛强盗头目机枪发出的声音,传进了俯首帖耳的市民的耳朵里,大家都安静了下来。

渐渐地,教室里笔尖在纸上划动的声音响了起来。小诸葛还是用笔杆撑着沉重的头,看着窗外的绿色,发着呆,他想着,不知开学对于他这种人来说是好是坏,是喜是忧。仿佛一把奇怪的剑,一边生满了铁锈,一边还像银子一般光亮。

大吴老师拉出两个月没坐的椅子,上面积满了灰尘,于是他转过身,俯下身子去拿团在塑料脸盆里的抹布,擦了擦,便又扔了回去。他坐在椅子上,动一下身子,椅子呻吟一下,椅子和身体就这么一直保持着和谐的呼应。

大吴老师环视着班级,眼皮向上挑着,脸绷得紧紧的。他的整个面部,除了胡子以外,很少有毛发,就连最醒目的眉毛也很淡,整个一看,就像一个剃了毛的猕猴桃,而且不是青的,是全黄的。

"诸葛子誉,你在干什么?别人都在做作业,我就不相信你这么空,所有作业都做好了。快点,拿出来做,不要发呆了!"吴老师找出了个茬子,他整个人靠在椅子上,让一张无力的椅子支撑着他的全部重量,又把身子微微向后倾斜,手挂在靠背上,盯着小诸葛,样子像一根没人要的棒冰。

　　小诸葛拿出书本来，眼睛看着课本，脑子里想："刚开学就这样，以后的日子还会更难吗……"

　　教室里很安静，每个人都像弯着腰的信徒，执着而无声。